suhrkamp taschenbuch 2830

Zehn Erzählungen aus den Jahren 1923-1966 umfaßt dieser 1969 von Marieluise Fleißer selbst noch zusammengestellte Band, dessen Titelgeschichte sie 1925 »aus spontaner Begeisterung für den jungen Brecht geschrieben« hat. Lion Feuchtwanger und Brecht hatten sie drei Jahre zuvor, nachdem ihre erste Erzählung erschienen war, ermutigt, weiterzuschreiben und ihre Erzählungen in Buchform zu veröffentlichen.

»Alle ihre Geschichten sind Stücke ihres Lebens; viele davon sind voll von eigenem Lebensgeröll, und die wenigen, die sich dem eigenen Erleiden nicht verdanken, sind durch Beobachtung, durch Berichte aus nächster Nähe in den Lebenskreis aufgenommen. Es sind ›wahre‹, der Lebenswahrheit abgerungene Geschichten.« *Günther Rühle*

Marieluise Fleißer, geboren am 23. November 1901 in Ingolstadt und dort am 2. Februar 1974 gestorben, wird heute mit ihren Dramen und ihrer Prosa zwischen Brecht und Horváth gestellt. Sie studierte 1919 bei Arthur Kutscher in München Theaterwissenschaft, kam dort in fördernden Kontakt mit Lion Feuchtwanger und Bertolt Brecht und gehörte schließlich zur literarischen Gruppe, die Brecht um 1925 in Berlin um sich versammelte. Im 3. Reich erhielt sie Schreibverbot. Marieluise Fleißer lebte seit 1932 wieder in Ingolstadt.

Marieluise Fleißer
Abenteuer aus dem Englischen Garten

Geschichten

Mit einem Nachwort
von Günther Rühle

Suhrkamp

Die Taschenbuchausgabe übernimmt die von der Autorin 1969 vorgenommene Zusammenstellung der Geschichten
Umschlagfoto: Christian Hartmann

suhrkamp taschenbuch 2830
Erste Auflage 1998

Druck: Nomos Verlagsgesellschaft, Baden-Baden
Printed in Germany
Umschlag nach Entwürfen von Willy Fleckhaus und Rolf Staudt

1 2 3 4 5 6 – 03 02 01 00 99 98

Inhalt

Die Dreizehnjährigen

Es fing damit an, daß er eine kleine Tonpfeife aus der Tasche zog und sie anrauchte. Die Kinder standen um ihn herum und waren neidisch. Er hieß Willy Sandner.
»Ich habe noch neunundzwanzig. Sie sind von einem Matrosen«, sagte er und sah zu Olga hinüber. Olga schaute in die schwarze Öffnung der Garnisonskirche.
»Es ist leicht auszudenken,« sagte er, »daß nicht jeder dreißig weiße Pfeifen hat.« Wie unheimlich leer die Kirche immer war, ganz protestantisch. Olga zog die Schultern zusammen. »Protestanten kommen nicht in den Himmel,« sagte sie laut und musterte Erna. Erna wurde dunkelrot.
Sandner sagte: »Ich kann auch welche wegschenken, wenn ich will.« Olga bat nicht. Die Kinder lauerten regungslos nach einer Pfeife.
»Überhaupt tue ich, was mir gefällt,« er lüftete die Lippe ein wenig. Ich dachte, Olga sei dumm, sie hätte sie mir schenken können.
Erna wollte eine haben. »Will vielleicht noch jemand eine?« Er griff in die Tasche, stellte den Kiefer vor, indem er sich bückte. Träumerisch klopfte er die weißen Pfeiflein an seinem Absatz entzwei.
Die Kinder waren gelähmt. Ich höre noch wie heute den Wind in den Kastanien klatschen. Von der Schranne her wehte das Dunkel wie feiner Staub.
Olga zuckte die Achseln. Willy Sandner stand da, als ob er sehr schlecht sei. Erna schimpfte: »Die Rothaarigen kennt man.«
Ich dachte, daß es jetzt Zeit war. Olga sah auch nach der Kirche. Sie sagte, daß er wieder da ist. Alles schrie: »Der Teufel!« und lief davon, was es nur konnte. Olga ging in die Kirche zum Teufel. Aber Sandner ging hinter ihr her. Da sah ich, daß es verpatzt war.
Der dunkle Mann war ein Franziskaner, der ganz hoch an

der Wand herumstieg und die oberen Fenster zumachte. Es war kein Kunststück, da war ein Gesimse. Olga hatte es aufgebracht. Olga kam zur Schranne herüber und sagte, es ist heute nicht der Teufel.
Sie stellte sich an die Wand und ärgerte sich. Ein paar Mädchen standen herum. Alle hatten kleine Gesichter. Olga drückte die Ellbogen eng nach innen und ließ ihre Hände hängen. Ich sah, daß sie wieder den Krampf hatte. Sie war dumm gefallen. Erna wollte wissen, wie es war. Olga sagte nichts, es war gescheit. Ihre Augen waren wie eine dunkle Wunde.
Ich war traurig. Ich hatte sie fallen sehn mit gespreizten Beinen. Das war noch im alten Schulhof, dort waren Bänke gestapelt. Von einem hohen Stapel herunter fiel sie genau in eine Schulbanklehne und ritt.
Mir hatte sie gesagt, man merkt gar nicht, daß es weh tut. Es ist unheimlich, das ist alles. Dann wird man ohnmächtig. Erna meinte, es müsse schaden. Erna war immer ein Schaf. Ob wirklich Blut kam?
Sandner und Hugo gingen vorbei. »Rasieren!« rief Hugo. Er sprach von den brandroten Haaren an Sandners Händen. »Nero tat es,« sagte Sandner, »ich lasse sie ruhig stehn.« Sandner sah durchaus nicht her. Olga stand an der Mauer, steif wie ein Stecken, die Arme eingedreht. »Es kam Blut,« flüsterte sie. Die Gasse zischte. Und Olga war interessant. Sandner sah aus, als tue ihm etwas weh.
Als Olga schon heim war, sah ich Sandner am unteren Ende der Schranne. Seine Augen, deren Äpfel mit dumpfem Gelb gefüllt waren, glühten und mit bleichem Lächeln hob er seine Hände in die Höhe seines Mundes, starrte sie an und biß hastig ein rotes Härchen ums andere aus den Gelenken, wobei er leise keuchte.
Pelja sagte später Katastrophe, aber es war alles ganz einfach. Olga war neu. Sandner wollte sie kriegen. Sandner war einzig.
Olga erzählte mir alles haarklein im Bett. Ich wußte, das nahm ein schiefes Ende. Man durfte sich nicht darein mischen. Ich war traurig und stumm. Es ging ganz von selbst.

Ich ging in den Bäckerhof. Die mit den gelben Haaren von der Schutterstraße lief einer Taube nach mit einem so zornigen Gesicht, wie man nicht zornig sein kann über eine Taube. Ich war erstaunt. Ganz hinten, wo es durchgeht zur Brauerei, saß Olga auf je einem Knie von Sandner und Hugo.
Sie hatte die neue geschlossene Hose an mit den Spitzen. Die Spitzen gingen ein bißchen vor wie auf der Fotografie von Tante Luise, die ich nicht leiden kann, weil man nicht das Gesicht anschaut, bloß die Hose. Damals war es Mode.
»Zieh den Rock glatt,« sagte ich zu Olga, »man sieht etwas.« Olga sagte, es sei unmöglich. Ich wollte nicht sagen Hose. Hugo lachte, Sandner war wütend.
Ich zog das Waschhausbrett ein wenig vor aus dem Schuppen, wo es immer steht, damit Mama nicht vom Fenster herübersieht. Ich dachte, ihr wird nicht recht sein, wenn Olga auf dem Schoß von anderer Leute Kindern sitzt. Olga merkt diese Dinge nie.
Die Große mit den gelben Haaren lief her und sagte, wir dürfen es nicht tun. Olga wußte nicht was. Ich fand es stupid. Sandner wollte das Brett vorne haben. Die Große schrie, ob er den Ring wieder will, ihr ist es gleich. Sandner sagte ja, und sie warf den Ring in den Waschhauskanal. »Er war nicht echt,« sagte Sandner. Sie sah wie tot aus.
Sandner schaute ihr fest auf den Bauch und bestellte einen Gruß an den Eisenmannmax. »Es wird interessant,« sagte Olga. Die mit den gelben Haaren drehte sich um und ging steif davon.
Sandner wollte das Taschentuch von Olga. Mir war es nicht recht, weil Mama mich immer schimpft für die vielen Taschentücher, die nicht mehr da sind. Sandner machte sich groß und mir tat er leid, denn für Olga war Sandner ja doch Nebensache.
Am anderen Tag kam Sandner Olga schon von weitem entgegen. Er ging genau auf dem Randstein und sah sie nicht an. »Es muß ein Geheimnis bleiben,« sagte er mürrisch und schob es ihr in die Hand. Ihr Taschentuch. Innen lag klein zusammengefaltet ein Brief. Olga war außer sich. Sie sagte, er hat kein Recht. Der Brief war so:

»Hüte dich und traue niemand. Trau auch der Großen nicht, die den Ring in den Kanal warf. Sie ist eine Schlange. Aber ich werde dich beschützen. Sprich nie ein Wort mit einem Mann. Oder ich ziehe meine Hand zurück. Meine Helfershelfer sind zahlreich. Wenn du mich hintergehst, zünde ich dir den Rock an. Zittere vor meiner Rache und komm bald wieder in den Hof zu deinem treuen Willy Sandner.«
Ich dachte, daß es jetzt aus ist. Aber es gefiel mir. Olga gab Sandner eine Ohrfeige. Es war, als habe sie den Mond geschlagen. »Der Brief ist sehr schön geschrieben für einen Knaben,« sagte Sandner. Da wußte ich, er hat recht. Ich sah ihm nach, wie er den Randstein langsam zurückging. Selbst sein Rücken sah aus, als denke er Unerhörtes.
Am Abend war Olga nicht da. Mama wollte, ich soll sie holen. Olga hing an den Klinken des Schultors und starrte an unserem Haus vorbei in die Laterne. Sie sah aus wie gekreuzigt. Was sie sich dabei denkt, fragte ich mich. Erst konnte ich gar nicht laut. Es lief mir kalt durch alle Zähne. Ihr Kopf drehte sich hin und her wie durch eine innere Kraft.
Aber Mama war ganz böse und rief uns. »Mama,« sagte ich, »sei still, dort am Tor war der Heilige Geist da.« Mama mußte sich setzen und weinte. Wie damals, als Olga die Nadel hatte und ihr sagte, »dich steche ich in deinen Arm.« Wir haben Mama sehr gern.
In der Nacht langte ein Mann zum Fenster herein und schlug mich auf den Kopf, daß es weh tat. Ich sprang aufs Gesimse und konnte den Mann nicht finden. Eine Sternschnuppe fiel grell hinters Schulhaus. Es war meine größte.
Ich beugte mich weit vor und bemerkte, daß unten im Wohnzimmer Licht war. »Pelja ist gekommen,« sagte Olga von drüben. Sie saß aufrecht in ihrem Bett. Ob man uns holen würde? »Nicht in der Nacht,« sagte Olga und fühlte sich schon ganz erwachsen. Sie wischte mit beiden Beinen über den Boden, wobei sie herschielte. Ich hielt mich still wie eine Kerze. Da lief sie schnell her und weinte mir an den Hals, während ich sie in mein Bett hereinzog wie meine große Puppe.

Es war dasselbe wie schon einmal und ganz gewiß eine Sünde. Ich schaute immer geradeaus. »Olga, geh zum Herrn Katechet.« Aber Olga sagte: »Der Herr Katechet kann auch nicht machen, daß es nicht Sünde ist.« – »Pelja,« tröstete ich, »hat davon doch gar keine Ahnung.« Sie hielt mir den Mund zu. »Sprich nichts,« zischte sie, »ich werde es träumen, es träumen.«
Ich hielt sie fest, wir steckten die Zehen zusammen in stummer Verzweiflung, und sie berührten sich noch, als Mama die Decke zurückschob. »Ich habe Pelja vor einer halben Stunde geweckt,« sagte Mama. »Ihr müßt hinübergehn, damit er nicht vergißt, daß er sich anzieht.« – »Pelja!« rief Olga. Pelja hatte in Sibirien gelebt, das machte ihn zu einem Wunder. Sein Vater hatte eine Fabrik geleitet in Riga, die Familie war hinterher interniert.
Er saß am Bettrand und hielt den einen Strumpf in der Hand. Die Seife zerweichte in der Schüssel. »Sagt doch Ernst und nicht Pelja,« bat er und drehte die Augen her mit den fließend schwarzen Sternen. Dann stand er auf und küßte Olga die Hand, denn so machte mans drüben. Drüben war Rußland, von dem er beibehielt, was ihm gefiel. Pelja gefiel ihm nicht, Pelja heißen Kinder.
Wir stellten uns hin und paßten auf, daß er sich anzog. Er konnte aufhören mittendrin, ganz in sein Denken versunken. »Pelja!« riefen wir dann. Er vergaß immer alles. Zum Frühstück kam er oft erst nach Stunden.
Einmal sah ich ihm zu. Er stand mit nackten Füßen, die Hände im Wasser, wohl eine Stunde und horchte in sich hinein, wobei süße Ruhe in seinen Wangen schwebte. Seine Lippen lagen dumpf aufeinander, als ob sie schliefen. Wenn man ihn anrief, fuhr er in seiner Beschäftigung fort und war nicht einmal erschrocken.
Olga erzählte es ihm von Sandner. Pelja behauptete, daß er ihm das nicht verdenkt. »Aber nicht wahr, er muß es büßen?« fragte Olga mit blutigen Lippen. »Man wird nicht auf die Gasse gehn und sich unter die Kinder mischen,« sagte Pelja, »wenn man einmal darüber hinaus ist. Man muß siegen, indem man sich fernhält.« Er drehte die Hüfte ein we-

nig, die ganz verboten schlank war. »Du hast aufregende Beine, Olga.« Er ging durch die Tür. Olga erbleichte. Ihre Nase stand regungslos in der Luft wie bei einem Hund.
Dann kam ein Kind, das wir nicht kannten, und richtete aus, daß Olga auf die Straße soll. Ich ging mit hinunter. Vorn bei der Jesuitenkaserne wartete ein Trupp Kinder, auf den gingen wir zu.
Sobald Sandner uns sah, stellte er sich vor die anderen und verschränkte herausfordernd die Arme. Olga verschränkte auch gleich die Arme. Wie die Häuptlinge standen sie da. Alle Kinder hinter ihm starrten sie an.
Beide gingen in ganz gleicher Haltung aufeinander zu. »Das Kriegsbeil ist ausgegraben,« erklärte der Knabe finster. Er verlangte, daß man Olga bestraft, weil sie einen Bürger geschlagen hat ohne triftigen Grund. Ich sagte, er soll am Pfarrhaus nicht so schrein. Olga versprach, wenn er nachts zehn Uhr an die Schwarze Brücke kommt, wird sie draußen sein und ihm etwas geben. Er wurde feuerrot, und ich mußte mich wundern. Aber Olga ging dann nicht hin, es war nie ihre Absicht. Sie hatte sich über ihn lustig gemacht. Und ich hatte Angst und horchte den ganzen Abend zum Fenster hinaus.
Pelja lag auf dem Diwan und rief: »Dumpf brüllte das Nebelho-orn-« jedesmal mit anderer Stimme. Er sagte, so muß er wenigstens nicht denken. Er tat es lang. Es war wie ein Lied.
Seine Tür war offen. Olga saß auf dem Fensterbrett. Ich stand schon im Nachthemd. Pelja schaute zu Olga herüber und sagte nichts mehr. Auf einmal sagte Olga ganz hoch, wie man es gar nicht gewohnt ist, »Pelja, ich werde dich beißen.« Seine Augen gingen weit auf. Ich spürte mein Nachthemd in kleinen Falten. Pelja drehte sich um und zog sich in sich zusammen. Und Olga saß da auf dem Brett. Es war furchtbar peinlich. Aber nachher kam Pelja herüber und tat zum erstenmal, als sei Olga richtig erwachsen.
Ich hörte an der Mauer ein Kratzen. Der Mann von der Nacht fiel mir ein. Ich mußte durchaus nach dem Fenster. Da sah man Sandner hängen wie eine Fledermaus. Es war das falsche Fenster. Er richtete das Gesicht nach mir und es war, als ob er sich ärgert. »Sage ihr,« flüsterte er, »sie ist

schuld, daß die mit den gelben Haaren ins Wasser ging.« In lautlosem Haß hing er da. Das Sternenlicht zuckte über sein Gesicht. »Aber an die Schwarze Brücke komme ich jeden Abend.« Dann glitt er ins Dunkel. Ich konnte mir nicht denken, wo man sich mit den Zehen eingräbt in unsere Mauer.
»Olga,« sagte ich, »ohne dich wäre die mit den gelben Haaren nicht ins Wasser gegangen.« Olga glaubte es nicht. Am anderen Tag erzählte es schon die Köchin. Aber Pelja machte mir klar, damit hat Olga überhaupt nichts zu tun.
Olga benahm sich wie ein Huhn. Sie ließ sich andichten von Pelja. »Es sei ein Seelenrausch,« sagte er. Die Köchin nannte es dummes Zeug, wie ich von Sandner redete und dieser Gelben. Die Gelbe habe es mit einem Großen gehabt. Und man wisse es ganz genau, sie bekam ein Kind.
Sandner ließ Olga sagen, sie darf nicht mit Margret schaukeln. Margret war ihr Schützling. Olga lief gleich hinunter und setzte sich mit Margret auf den kleinen Leiterwagen, mit dem man wippt. Mama mochte es nicht. Es gab immer Wagenschmiere in die Kleider. »Margret, paß auf,« sagte Olga, »wenn Sandner kommt, tun wir, als sei er Luft.« Margret kam mir anders vor als sonst, ein wenig verstockt.
Dann kamen die Buben um die Ecke. Es war eine Gemeinheit von Sandner. »Sags!« hetzte er und Hugo: »Sags nicht!« Sie vertraten Olga den Weg, daß sie nicht fortkam. Und »Sags nicht! Sags!« Einer rief immer das Gegenteil vom anderen. Das war Taktik, am Ende war es keiner gewesen.
Margret fing an zu brüllen: »Wenn du mir das nicht sagst, bin ich nicht deine Freundin.« Margret wußte nämlich noch nicht, wo die kleinen Kinder herkommen. Aber Olga sagte es ihr nicht. Margret war mit Olga auf ewig verkracht. Sandner nahm Margret mit in den Schuppen und hob ihr den Rock auf.
Olga fragte Pelja: »Was kann man so einem antun?« Pelja wußte nur, wie man in Rußland die Bauern gemartert hatte, aber das war nichts für heut, Pelja erzählte so, als sei er dabei gewesen. »Du siehst so indianisch aus,« sagte Pelja und blies Olga auf den Hals. Das lenkte sie wieder ab.
Am anderen Tag überlegten wir, ob man hinging. Ein Wettkampf mit Speeren war angesagt zwischen Sandner und

Hugo. »Das ist so ein Knabe, der sich aufspielen muß,« meinte Pelja. Ich verstand, er wollte nicht weniger sein, er hatte keine Schulen wie wir.
Sie nannten es Speere und nahmen Nadeln dafür. Olga wollte nicht hingehn zur Strafe. Nachher wurde so nichts daraus. Es hieß, Sandner habe seine Nadel vergiftet, da wollte Hugo nicht mehr. Es konnte wahr sein oder nicht.
Die Kinder machten einen Bogen um Sandner. Dann ging es auf einmal sehr schnell. Erna schrie: »Jetzt macht er ihn tot!« und alle liefen in die Brauerei bis zum Heizraum, wo Margrets Vater Sandner mit dem Kopf an das Feuerloch stieß. Der Mann schlug ihn auf die Backen und brüllte, er werde ihn hineinfeuern lebendigen Leibs, wenn er sich nochmal auf seinem Hof blicken läßt. Margret war eben naiv.
Sandner stolperte heraus, käsbleich, das Haar versengt. Er schwur, er wird schon der Frau das seidene Kleid aufschlitzen. Olga ging ihm nach in sein Haus und fragte ihn, warum seine Backe so rot ist. Der Schankraum war leer. Sandner stürzte sich auf sie mit einer Schere und schnitt sie ins Haar, wobei er schluchzte.
Es würgte ihn plötzlich, Sandner übergab sich zum Fenster hinaus. In die Wirtschaft hinein durfte er sich nicht übergeben. Sandner hatte eine Gehirnerschütterung davongetragen, damit durfte er sich daheim nicht verraten.
Olga legte die Schere wieder auf den Sims, wo sie zuerst war, lief zum Friseur und ließ sich die Haare stutzen. Mama war außer sich, weil Olga nicht fragte, bevor sie sich die Haare abschneiden ließ. Pelja sagte »mein schöner Knabe« und Olga war nachdenklich.
Die Köchin erzählte Mama, Sandner hat Margret verführt, ist von ihrem Vater halb verbrannt worden und hat aus Rache ihrer Mutter Sonntagskleid zerschnitten. Die Polizei ist hinter ihm her, aber man findet ihn nirgends. Wir horchten auf. Mama zankte die Köchin, weil sie das vor den Kindern erzählt.
»Er hat doch etwas von einem Menschen,« sagte Olga. Sandner hatte nie einen Vater, nur eine Mutter, die barsch war. In der verlassenen Wirtschaft ging Olga ein Licht auf.

Wir machten aus, daß wir an diesem Abend, Pelja, Olga und ich, an die Schwarze Brücke gingen. Sie ist ziemlich weit weg von der Stadt, wir mußten zeitig fortgehn. Auf der Straße sagte man uns, daß man Margret sucht.
Wir nahmen den Umweg quer über den Damm, denn durch die Schütt ist es nicht ganz geheuer. Wir hielten uns an der Hand. Es war fast kalt. »Il fait la lune rousse,« sagte Pelja. Ich weiß nicht, wie er es meinte. Aber Olga sah zu ihm auf mit glänzenden Augen.
Kleine Lachen blinkten auf. Die Weiden staken um uns herum mit ihren Stümpfen. Der Mond drehte sich durch die Bäume wie ein Idiot. Dann hörten wir Margret weinen. Sie lagen beide quer über den Damm. Er schlug sie, als hätte er überhaupt keinen Ausweg. Olga wollte nicht, daß wir ihn störten. Aber er hatte uns gehört, setzte sich auf und blickte her wie ein gestelltes Tier.
Also gingen wir hin. Olga sagte, sie müsse wissen, ob er ihre Haare nicht hat liegen lassen, das könne nämlich nicht gut sein. Sandner flüsterte, er hat sie in seiner Tasche. Er konnte zuerst gar nicht laut. Und wieder empfand ich, als seien wir gegen ihn im Unrecht. Er rannte an gegen eine Kluft.
Er saß erschöpft auf seinen Knien, die Hände hatte er flach am Boden liegen. Olga zeigte auf Pelja: »Er sagt, er wird mein Mann, wenn wir groß sind.« Sandners Mund fiel entzwei. Er lächelte eigentümlich, dann klappte sein Kiefer zu und er konnte sprechen. »Es ist gleich,« sagte er mürrisch. »Wenn du nur so tust, wie ich will.« – »Das werde ich nicht tun,« sagte Olga. Wir übersahen ganz, wie Margret dalag mit verdrehten Augen, in deren Äpfeln der Himmel schwamm wie in Milch.
»Euer Haus kann man anzünden,« drohte Sandner. »Von hinten her geht es, man kann über die Altane.« Olga sagte, Damen täten es wirklich nicht. Sandner sagte, er weiß ein Spiel, wo man sich aufhängt und steht dabei auf einem Stuhl. Dabei kann man sterben. Wenn man den Stuhl umstößt, ist man hin. Wenn er sie erpressen will, sagte Olga, damit jagt er ihr keine Angst ein.
Pelja klopfte ihm auf die Schulter, nannte ihn »junger Mann«

und gab eine Zigarette. Dann sagte er, »bei uns in Rußland« und Sandner war still. Ich merkte, daß er sich für Sandner interessiert. Pelja sprach über »die Frau«. Sie darf von Anfang an nicht gefragt werden. Wer fragt, ist schon verloren. Olga machte ein hohes Gesicht. Pelja benahm sich verrückt. Pelja sang: »Ich wandle durch den Abend wie ein steiler Elefant.« Ich hätte es nicht gesagt. Schon weil wir saßen.
»Alles Krampf!« entschied Sandner und wollte noch eine Zigarette. Er schob sich zu Olga hin, die er fixierte. »Seit wann gehst du mit dem Heini?« – »Mein Cousin!« rief Olga. »Heißt das bei dir Cousin?« fragte Sandner, da war nichts zu machen. »Ihr haltet alle zusammen.« Sandner machte eine Miene, als sei er ihrer auf einmal müde. »Er riecht auch nur besser, weil er sich anspritzt mit Kölnisch,« sagte er und stand auf. Pelja war beleidigt.
»Die Haare habe ich ja,« sagte Sandner verdrossen. Er kratzte sich mit den Zehen ein bißchen am Bein, dann lief er schnell weg. Er schaute nicht um. Noch sein Rücken war mir unheimlich, obwohl er lief. Margret mußten wir halb tragen, sie schleifte die Füße nach und wollte nie wieder heim. Wir konnten sie nicht dort lassen, wenn es das war, was sie meinte.
Man fand ihn auf dem Speicher, einen Büschel Haare in seiner Faust. Der Stuhl lag umgestoßen unter seinen Füßen. Er hatte sein Spiel zu Ende gespielt und er hatte es Olga gezeigt. Damit war er allen voraus. Andere konnten nichts tun. Andere konnten ihn höchstens vergessen.
Mama war gleich nervös, was mit ihm war. Mama darf man die Dinge nicht sagen, Mama muß man schonen. Pelja sagte, der Stuhl ist umgefallen durch einen dummen Zufall. Olga hatte Angst, daß jemand merkt, die Haare sind von ihr.
Ich habe es bis jetzt nicht gesagt, sie haben ihn zum Leben erweckt. Wir wollten uns nicht mehr kennen. Sein Weg lief noch weit von uns fort. Später wurde aus ihm ein SA-Mann.

Stunde der Magd

Dem Herrn sein Zimmer lag hinten im Anbau und war von den anderen durch einen kleinen Gang getrennt. Das hat der Herr selber sich so ausgesucht, denn er wollte vor allem Ruhe. Einmal am Abend mußte ich Blumen gießen auf dem Gang. Die Kinder waren schon zum Schlafen hinauf in den oberen Stock. Aber der Herr stand an seinem Fenster und schaute mir lange zu.
Ich brauchte eine gewisse Zeit. Der Herr konnte sich auch nicht gleich entschließen. Auf einmal war er am Gang heraußen und sagte, er weiß nicht, wie er seine Karte schreibt. Das hat er ausgerechnet zu mir sagen müssen.
Jetzt fiel ihm gar das noch ein, er holte sie und las sie mir vor, ob das so recht ist. Ich habe dumm genug gelacht und gesagt: »Das kann ich nicht so wie der Herr selber unterscheiden.« Ganz rot stand ich da mit meinem Mangel an Bildung.
Darauf hat mir der Herr seinen Arm so zartfühlend um die Taille gelegt, damit ich es nicht merke, und in seinem Zimmer hat er mir immer noch den Arm um die Taille gelegt, damit ich es nicht merke. Da war er mir mit einem Male so vertraut und fremd zugleich.
Und wie ein solcher Feind hat er mich vor sich hin auf den Schreibtisch gesetzt und der mir das Ärgste antut, aber ich wäre um alles nicht von dem Feind weggegangen. Dann hat er es mir gezeigt, was ich für eine Schürze anhabe, und dann hat er es mir gezeigt, wie meine Bluse von innen ist, und alles hat er mir immer gezeigt. Da bin ich in allem, wie ich daherkomme, vor ihm bestätigt gewesen und war ihm recht und mir war ich recht.
Nachher war mir schon zum Weinen. Denn er hat immer noch so fremde Augen an sich gehabt und im ganzen Zimmer herumschauen können und ich war im ganzen Zimmer die Magd, die sich verirrte. Er streichelte mich freilich und sagte, »schau, soll es nicht gewesen sein?« Aber ich mochte nichts

mehr davon wissen, mit dem Streicheln war mir nicht das Geringste geholfen. Ich war von dem, was ich ihm gegeben, um kein Haar besser und standesgemäß geworden. Darüber blieb mir das Herz still. So genau wußte ich, daß ich ihm von nichts reden darf, daß ich aufstand und leise sagte: »Ja, ich gehe jetzt auf mein Zimmer.« Er begriff mich nicht, warum für heute Schluß sei.
Da stand ich schon ganz im Hinausgehn so blaß in der Tür und wartete erst noch auf was mit den Händen, wie sie da zögernd hingen. Dann habe ich nach dem Türpfosten ja nun doch noch gelangt und ihn gleich wieder ausgelassen. Eigentlich wollte ich nach einem Menschen langen mit dieser Bewegung, und es sollte ein Mensch sein, zu dem ich von jetzt an gehöre, aber das hat keiner von mir verlangt. Mit unbeholfenen Schritten ging ich durch den Gang, wo es seinen Anfang nahm. Wie ich mich da umschaute mit verstörtem Gesicht, habe ich es dem Gang nicht verziehn. Die Stiege kam daran und wieder eine Stiege und keine hat mich getröstet. Dann mochte ich in meiner Kammer die Kerze nicht anzünden, die alles sieht und auch mich sieht.
Ich tastete mich im finstern nach meinem Bett. So bin ich mit verstörtem Leib und zunehmend schwerer auf meinem Bett gesessen, einmal in Kleidern gesessen und einmal schon im Hemd. Immer war es dasselbe, wie wenn ich seit Anbeginn dasitze und mich niemals rühre.
Da habe ich es mir gedacht, um was ich vom reichen Herrn gebracht bin in jungen Jahren, dabei kann er mir jederzeit nachsagen, er hat mich zu nichts gezwungen. Immer tiefer in die Nacht hinein und in alle Verlassenheit hinein, die in Nacht liegt, gab es mir einen Stoß, so bin ich an was erschrokken. Wenn es ein Kind wird, was dann? Da war eine hinausgestoßen in lauter Finsternis. Einen Mutterschutz hat es da noch nicht gegeben.
Die Angst hat mich auf meinem Bett herumgezogen, daß ich mich krümmte. Einmal starrte ich in was Graues, und das Graue war dann hell und hell. Bis ich mich besinne, war es Tag, und ich hielt mir die Augen zu, damit rein mein Spiegel es mir nicht ankennt.

Aber wie der Wecker ablief, bedeutete das, daß das Mensch sich nicht länger hineinflaggen darf und dabei die ganze Arbeit für die Herrschaft versäumen. Ich ließ mir die Augen aufgehn, wo es mich nicht freute. Ich stand im Zimmer herum, ich holte die Waschschüssel wie immer.
Aber auf der Waschschüssel ist es gestanden und am Kasten ist es gestanden und am Tisch war es geschrieben. Alles war anders wie gestern und nicht mehr rein. Ich warf den Kamm weg und lief dem Koffer zu nach einem frischen Hemd, das konnte ich mir mitten in der Woche nicht schnell genug überziehn. Dann lief ich meinen Selbstvorwürfen davon und zum Kaffeemachen hinunter.
An dem Tag schaute ich bei allem, was ich tat, daß es auch genau wird. So ganz besonders und in Bitterkeit wußte ich, was ich für eine Magd bin, damit aber basta! Den Kindern, denen ihre Tassen zu dick waren, wechselte ich die Tassen aus in feine. Ohne Widerrede steckte ich ein, wie oft sie mir das schon gesagt haben. Ich war seltsam befriedigt von den unnützen Gängen.
Der Herr zeigte sich lange nicht. Ich mußte den Kaffee noch einmal wärmen, und der Kaffee war soviel wichtiger wie meine Gefühle. Endlich erschien er. Wir mieden uns mit den Blicken. Aber wie er bei seiner Tasse ungefähr in der Mitte war als ein Gerechter, hielt ich nicht länger an mich. Ich stellte mich vor ihn hin und schaute ihn fest an. Und wie er fast am Ende war als ein Gerechter, wiederholte ich meinen Blick und erwartete wunder was. Gerade dann hat mein Herr seinen Kaffee immer so interessant gefunden, er tauchte förmlich hinein mit starren angewärmten Augen.
Ich machte alles proper, ich ließ mir nichts nachsagen in keiner Beziehung. Aber so fremd wie diesmal waren mir die Sachen schon lange nicht mehr erschienen. Ich paßte auf, nicht daß ich was zerbreche, hinterher wird es mir dann am Lohn abgezogen. Denn das war der Unterschied zwischen mir und anderen Menschen im Haus, ich bekam einen Lohn.
Das ging so weiter, der Herr ließ sich nichts anmerken, die Kinder merkten nichts, der Tag verstrich wie sonst ein Tag

im Kalender. Bloß ich wäre durch die Zimmer am liebsten auf den Zehen geschlichen. Einfach schleierhaft war es mir, woher ich früher die Frechheit nahm.
Das hing damit zusammen, daß mir die ganze Welt nicht mehr gleich war. Ich habe dann hinter meinem Herrn soviel gesucht, und es hatte seine Bedeutung für mich. Wenn ich mit der Nadel über seinem Rock war, sah ich nicht mehr den Rock, sondern es war die Taille. Daß ich soviel gröber sein mußte, das drückte mich immer. Ich stieß nur so mit mir herum, wenn ich mit dem Putzlumpen hantierte, und verhöhnte mich, denn das Grobe war es gerade, was für mich paßte.
Denn wie, hätte ich nicht auch wie der Herr einen so feinen Fuß haben können, und warum hat man bei ihm das Geistige an der ganzen Hand gesehn, aber bei mir war dort nichts wie leichtsinniges Fleisch und allenfalls Talg? Da lief es eben darauf hinaus, daß ich das Geistige gar nicht aufweisen durfte, ich war dafür nicht berufen. Ich fuhr hinter meinem Schrubber her mit bösem Gesicht und als eine Gescherte, und über den Putzkübel reichte mein Hennenhirn nicht hinaus. Nach und nach faßte ich einen Entschluß, und ich habe es schon noch einmal, das Geistige!
Ich stand früher auf, ich brauchte länger, bis ich hergerichtet war, damit ich auch einmal Eindruck schinde. Was ich an mir zusammenbrachte, war eine Frisur. Der Herr hat nur so geschaut und sich laut gewundert, wo die Mädel das auf einmal herhaben. Aber ich stand vor dem Spiegel und war immer noch nicht geistig. Außerdem behaupteten die Kinder, es ist nicht einmal recht, wenn man sich das Haar zuviel brennt.
Auf meinen Herrn habe ich dann wieder mehr vertraut. Wenn ich mit ihm zusammen war, ist mir Reue und Leid vergangen. Da ist immer die Frage gewesen, wie ich mich benehme, und ich habe mich dann benommen. Zog der Herr seine Schuhe aus, mußte ich ihm sagen: »Du hast aber da einen vorspringenden Knochen.« Wie der ganze Mensch sein muß, das haben wir überhaupt erst miteinander erfunden, und der Herr hat an seinem Knochen die helle Freude er-

lebt, so was Vorbildliches war sein Knochen. Wenn es über die Augen ging, fand ich bald heraus, welches tiefer braun ist. Lebhaft interessierte es meinen Herrn, daß er Hundsaugen hat.

Da war bald ein Haken dabei. Weil ich die tieferen Sachen sagen mußte, über Hautfarbe z. B., brachte ich andere, die aufs praktische gehn, nicht so heraus. Andere Mägde sind schon nicht so schüchtern und verlangen alsbald einen Hut! Immer wenn ich von ihm weg war, fiel mir ein, ich stelle mich bei meinem Herrn viel zu wenig auf die Füße. So, sagte ich bei mir, jetzt habe ich immer noch keinen Hut. Das sah meinem Herrn recht ähnlich. Ich merkte, wenn ich was erreichen will, muß ich ihn erst lang dazu schieben.

Da fing ich schon beim Kaffetrinken von dem an, was mir am meisten abgeht, und wenn ich mit den geputzten Schuhen über den Gang ging, sagte ich es schon auswendig herunter und wurde dabei nicht mehr rot. Das ging so lang, bis der Herr merkte, ich trage mit mir einen Wunsch herum. Es handelte sich nur um einen Hut, aber der Hut wurde von mir vermißt. Dem Herrn wurde siedend heiß wegen seiner Vergeßlichkeit. Da habe ich schon gemeint, Wünschen geht leicht, wenn man einen Verehrer hat. Aber wie ich den Hut einmal hatte, durfte ich wieder lang gar nichts sagen.

Oft war meine Hoffnung von Zweifeln verhängt, im Herzen war mir so bang, ich war meiner nicht sicher. Was bist du wirklich für ihn? stritt es in mir. Das, womit man sich betrügt um die Zeit, wenn sie kommt, wenn sie geht, wenn sie lang ist. Nichts, was nagt an ihm wie an dir, nichts, was dich braucht wie du ihn. Einmal bist du ihm leid und kannst gehn. Wenn eine andere kommt, bist du seine Liebe gewesen.

Die Mutter der verstorbenen Frau hatte die Augen schon lang gestellt, wie wenn sie was merkte. Sie stand in allen Ecken seitdem, man trat auf sie, wo man nur hinging. Dann mußte sie wirklich was wissen, es war schon nicht anders.

Mitten auf der Stiege hatte sie die Auseinandersetzung mit dem Herrn und wich nicht hinauf in den zweiten Stock, wo sie wohnte. Sie tänzelte auf und ab über seinem Gesicht wie ein böser Drachen, lauter Wut auf den Backen, er blickte rat-

los hinauf. »Ich vergesse mich bloß nicht gern,« sagte er, »ich will mich bloß nicht vergreifen an einer Frau, die alt ist.«
Mir hielt sie eine Rede wie beim Jüngsten Gericht und sie hieß mich mein Bündel schnüren, ihre Stimme war schrill. Der Herr fragte, ob ich die Magd bin bei ihr. Aber sie setzte sich in den Zug, fuhr bis in meine Heimat hinaus. Sie war schuld, daß mein Vater mich holte.
Meinen Vater sehn und mich auskennen war eins. Mein Vater brachte mehr Verstand mit, als hineinging in meinen Kopf. Ich schaute nach dem Herrn, daß er was sagte, mein Hals schnürte sich zu, ich war ganz ohne Hoffnung. Der Herr konnte auch nicht helfen. Er hätte sich festlegen müssen, davor scheute er zurück wie ein Gaul. Mein Vater schaute ihn kurz an und kalt und schämte sich nicht für sein altes Gewand. Er hat keine zwei Sätze mit ihm gesprochen.
Ich war wieder daheim, früh um zwei stand ich auf und ging mit der Sense zum Mähn, unsere Grundstücke lagen nicht nah. Das müßtest du nicht, dachte ich, wenn es wäre, wie du doch noch geglaubt hast.
Damals bildete ich mir ein, der Herr werde mich besuchen, dort wo ich daheim war. Mich zog es fort, was immer ich tat, und ich brachte es nicht hinter mich, es zog mich zum Herrn in die Stadt. Ich hatte es immer in mir, es müsse was kommen und wäre nicht aus. Ich glaubte einfach nicht daran, daß es aus war. Ich schlief in der Bodenkammer allein, ich hatte ein Handtuch am Nagel hängen für die Nacht, wo der Herr kam. Wenn ich mich aufsetzte in meinem Bett, fiel mein Blick auf das Handtuch.
Ich wartete noch immer gespannt und keiner hätte mir über den Mann ein schiefes Wort sagen dürfen. Doch spürte ich still, daß es sank. Ich gab es nicht zu, konnte aber nicht aufhalten, was da versank, sein Sinken war stärker. In einer Nacht stand ich aus dem Schlaf auf, ich nahm selber das Handtuch weg, ich zog eine Schublade heraus. Ein Vogel weckte mich in der Früh, ich horchte ihm zu ganz allein, ich sah nicht nach dem Handtuch.
Mein Vater sagte es auch, es wäre nicht gut, neben soviel fremden Kindern die Frau sein.

Moritat vom Institutfräulein

Als Kind habe ich mir fest vorgenommen, ich muß es einmal ganz recht machen. Wie mein Ludwig mich dann genommen hat, das ist nicht leicht gewesen für ihn. Wenn einer mich um was anging, sagte ich bloß: »Nein, das ist meiner Mama im Himmel nicht recht.« Da konnte keiner mich haben. Das ging so dahin. Nur war ich dann so allein in der fremden Stadt.

Einmal im Kolleg habe ich einen Mann kennen gelernt, das war eigentlich kein Student. Er stellte was vor, ich wußte nur nicht recht was. Ich habe nur so geschaut und es war dann mein Ludwig. Der Mann hat alles mit Gewalt gemacht. Da mußte ich neben ihm denken, wenn ich nur auch was mit Gewalt machen könnte, deswegen hat er soviel bei mir gegolten.

Als die anderen sahen, wie er auf mich aus war, wußten sie was über sein Gesicht, damit ich mir nicht zuviel einbilde. Seine Nase war wie gebrochen. Da mußte ich ihn gleich verteidigen, und ich habe mir doch was eingebildet auf meinen Ludwig. Ich sage, er war auf eine Weise häßlich, daß es schon wieder schön war. Die Weiber liefen ihm nach.

Bei meinem Ludwig war ich gern, er hat sich nie was dabei gedacht. Im Anfang war ich auf seiner Bude ein wenig befangen und gab auf mich Obacht. Aber er hat es selbst gesagt, daß er mich nicht ausnützt, da wußte ich es gewiß. Für mich war er der einzige Mensch, an den wollte ich fest glauben und immer fester.

Ich wollte es nicht wissen vom Ludwig, er fing selber an und erzählte von anderen Mädchen, mit denen er früher zusammen war, denen hat er auch nichts getan. Ich habe dann meinen Ludwig immer besser gekannt und gab nicht mehr soviel auf mich Obacht.

Da war aber der Abend dazwischen, an dem hat es mein Ludwig mit Gewalt gemacht. Zuvor brachte er mich in eine große Verwirrung. Er ging einfach nicht zu mir her, er redete nicht und deutete nicht, ich durfte sagen, was ich nur wollte. Und so lang ging er nicht her, bis es mir von Herzen leid war. Ich dachte, so, jetzt ist mir mein Ludwig auf einmal böse.

Ich fragte ihn, warum er so ist. Er sagte, ich kann mir schon denken warum. Da wußte ich nicht, wie ich mit ihm daran bin und ob es nicht zwischen uns bereits wieder aus ist. Das gab mir einen Stich durch und durch. Ich ging direkt zu meinem Ludwig hin und fragte ihn, wie ich mit ihm daran bin. »Wegbleiben!« fuhr er mich an, aber ich wollte mich auch nicht auf diese Weise simpel entfernen, und vielleicht war für mich der Moment wichtiger wie für ihn. Ich stellte mich doch zu ihm hin und so bei ihm dort hätte ich alles auf der Welt fragen können, er war so gescheit.

An dem Tag hat er mich überrumpelt, und mir fiel kein Satz ein, den einem die Leute bei der Gelegenheit glauben. Ich hätte auf und davon mögen, aber noch mehr zog es mich hin. An einer blinden Kraft kamen wir zu Fall. »Du hast es nicht anders gewollt«, sagte er.

Mein Ludwig sagte: »Du mußt klug sein, dann weiß es kein Mensch.« Ich wußte nicht, wie man klug ist. Ich wußte bloß, daß ich aufgewachsen bin in einem Kloster und daß alles, was ich dort gelernt habe, für mein Leben falsch ist. Ich war erzogen, daß ich gehorchte. Ich war gewöhnt, daß ich mich nicht verriet. Ich war nicht erzogen, daß ich mich wehrte.

Ich glaubte ihm alles, ich konnte das ja nicht vergleichen. Der Anfang war immer schön. Wenn es spät war, ging mein Ludwig weit draußen vom Weg ab und blieb mitten in einer verlassenen Wiese stehn. Er rief mich nicht, ich mußte ihm von selber nachgehn. Wir stiegen immer auf demselben Fleck herum und dachten nach, ob das Gras ist. Mein Ludwig stand dicht vor mir und glühte wie ein Radfahrer, der keine Laterne hat, mit den Augen. Ein Kerl war er wie ein Baum, wir haben nicht wenig gescherzt. Mein Ludwig hat alles mit sich machen lassen und gelacht auf breiten Zähnen.

Aber wenn ich mich genug gerollt und ihn eingefangen hatte,

hat mein Ludwig auf einmal nicht mehr gelacht. Er hat mich ganz schön geschunden. Und die Luft nahm er mir weg. So lang nahm er sie weg, daß es mir tobte im Kopf, ich meinte, ich müsse zerspringen. Mein Herz tat einen Satz und ich fürchtete mich. Er hätte es haben können, nur nicht so lang. Ich konnte nicht verstehn, warum andere so danach tun, und einmal nahm ich mir einen Mut und fragte: »Ludwig, muß das sein?« Da hat mein Ludwig mich angeschaut und ist eine Zeitlang auf der Uni nicht mehr zu mir hergegangen. Die Schuld mußte ich suchen bei mir.

Ich konnte mir oft nicht mehr helfen. Ach Gott, habe ich zu mir selber gesagt, ich glaube, mir fehlt was. Das wollte ich wegbringen, dafür wollte ich alles tun und ich wollte doch auch wie die Hui-Kerle sein, ich wollte nicht zimperlich sein. Da durfte mir das doch nichts machen. Ich hätte es nie über die Lippen gebracht, da tat er sich leicht. Ich hätte es nie zugegeben vor einem anderen. Die Erfahrung hat mich nicht anders belehrt. Der Liebe war ich es schuldig.

Ich bin aufgewacht in der Nacht, da hat es auf der Straße unten was gegeben. Nachher war es mein Ludwig, der hat einen schweren Stein gehabt und ihn aufs Pflaster hinfallen lassen. Er hat ihn aufgehoben und ihn hinfallen lassen, die ganze Zeit hat er so gemacht. Ich ging zu ihm hinunter. Mein Ludwig mußte sich furchtbar besinnen, was er mit dem Stein eigentlich will. »Den habe ich dir mitgebracht,« sagte er. Dann war er über sich selber ganz starr, weil er so an mich denkt.

Ich habe es gleich gerochen. Mein Ludwig sagte, er muß bloß sein Gesicht an den Stein hinbringen. Mein Ludwig hat sich gebückt und sein Gesicht an den Stein hingebracht, ich hielt ihn fest um seinen Leib, und mein Ludwig war mit dem Kopf ganz am Boden und hat furchtbar gelacht. Auf einmal war er nüchtern. Er lehnte sich mit dem nackten Gesicht an ein Haus und sagte, er kann es nicht mehr machen.

Immer wenn er den Mund auftat, ist neben dem Stein eine ganze Wolke zu mir hergegangen, er drückte sich die Backe an der kalten Wand breit, und ich habe mich so geschämt. Denn das Haus war naß und auf der Backe war ein Flek-

ken und mit dem Flecken hat er gelacht. Weil er mir alles zeigen mußte, habe ich mich geschämt.
»Wenn du es nicht haben kannst,« sagte er, »dann mußt du nicht mit mir gehn.« Ich sagte: »Ludwig, ich kann es haben. Aber wenn wir nicht gleich gehn, bringe ich dich nicht mehr weiter.« Mein Ludwig langte nach meinem Arm und zog sich daran ins Trottoir hinein. Dann ging er nicht mehr von mir weg, so hat es ihm in der Nähe und in der Wärme gefallen. »Bring mich weiter!« verlangte er und hielt den Kopf vor wie gegen eine Kraft.
Wie das Trumm Mannsbild sich von mir ziehn ließ, war schon nicht mehr schön. Auf einmal war ihm damit ernst. Den leibhaften Kerl habe ich von Haus zu Haus weiter gestemmt. Er hing so schwer auf mir und war so bleich und glasig im Gesicht. Wenn ich einmal aussetzen mußte, fuhr er mit dem Kopf auf wie aus einem wüsten Schlaf.
Ich mochte nicht, daß Menschen vorbeikamen und ihn und mich so sehen. Auf einmal gab es mir einen Ruck, denn an dem einen Eck, wo wir hinmußten, ist eine Frau gestanden. Sie drehte sich um, daß sie mir nicht helfen muß. Wenn es gerade die nicht wäre, dachte ich. Denn einmal hat sie als Magd bei uns gedient und ist dann im Streit von uns weg, weil sie gern was gehabt hätte mit meinem Vater. Aber meinem Vater war sie nicht zum Anschauen recht, sie war so ordinär. Nachher lief sie mit einem Spazierstock auf der Straße herum und machte sich freie Zeit. Ich wußte gleich, mit der kann ich noch was erleben. Denn daheim hat doch niemand was von meinem Ludwig gespannt.
Fast hätte ich ihn nicht mehr weitergebracht, mein Herz ist gegangen, und ich hatte fast keine Kraft. Mein Ludwig schaute auf und murrte, warum so lang Aufenthalt ist. Das hat mein Ludwig nicht gern, wenn man selber mit was zu tun hat. Er spürte, daß mich was von ihm abhielt, das machte ihn böse. Das gab ihm Kraft, so böse hat es ihn gemacht. Und weil mein Ludwig eine solche Kraft hatte, darum hat er sich mit aller Kraft auf mich hinfallen lassen. Und wenn ich nach der Seite auswich, wäre mein Ludwig doch so arg in den Zaun gefallen, dazu hat er mich nicht gebracht. Ich mußte

ihn jetzt schon gehen lassen und warten, was daraus wird und in mir bitten und beten. Ich war ja blöd, daß ich ihn nicht noch stieß!

Ich soll ihn nicht immer so lieben, schrie er mich an, ihn macht das noch rasend. Da standen die Latten von dem Zaun so schwarz in den Himmel hinauf. Ich konnte mir gar nicht denken, daß mich mein Ludwig noch mag. Ich trat immer ein wenig von ihm weg und er mir nach in einen dunklen Winkel, wo es weich war von Gartenerde und Gras. Da ging ich nieder, ich konnte mir nicht mehr helfen.

Der Himmel wurde weiß. Wenn ich an meinem Gesicht herunterschaute, kam Helligkeit von der Haut. So weh tat mir mein Ludwig, damit er sieht, ob ich mehr werde durch den Schmerz, und meine Hand ist mir so blaß und versagend im Schoß gelegen. Ganz entsetzt habe ich mich, daß ich immer noch mehr werden muß.

Am Zaun stand eine Latte schief. Besonders weil die Latte schief war und ich konnte sie nicht richten, weinte ich geradeheraus. Denn gar nichts konnte ich richten. Eine Verzweiflung war darin, wie wenn uns dieser Leib einmal aufgezwungen wurde durch eine fremde Gewalt.

Mein Ludwig ist auch bloß immer eigensinniger geworden. Da waren wir miteinander ein Wesen aus Leiden und Tun, und Tun war seines und Leiden war meines. Ich dachte, dem darf einfallen, was er will, ich kann gar nichts machen. Aber wenn ich mir helfen könnte, indem ich aufstünde und von ihm ginge, ich würde nicht aufstehn und von ihm gehn, ich war ja blöd, daß ich nicht konnte. So hart war mir, ich griff hinter mich an den Zaun, damit ich es besser aushalten kann.

Ich wachte auf und hatte den ganzen Himmel in meinem Gesicht. Das tat mir in die Haut hinein weh, daß es hell war. Ich hielt mir alle Finger ins Gesicht mit den Spitzen, und mein Gesicht war nackt und wurde nicht warm. Die Vögel sangen über mich weg in den frühen Morgen hinein, mir hätte nicht ärger sein können. Immer sangen die Vögel, wenn ich nicht gegangen wäre mit meinem Ludwig, müßte ich nicht so sein.

Nicht lang danach hat in meinem Zimmer mein Vater auf mich gewartet. Das ist mir vorgegangen, dachte ich. Mein

Vater ließ sich nichts ankennen. Es wird Zeit, sagte er, daß er mich heimnimmt. Auf einmal hat er nach mir gestoßen. »So muß man sich über dich schreiben lassen,« warf er mir vor.
Ich wußte gleich, die Karte war von der Frau, auch wenn der Name nicht dastand, dafür war sie zu feig. Da habe ich schön erfahren, wer ich bin und um die nachtschlafende Zeit bin ich mit einem Kerl für betrunken herumgezogen. »Lustig geht die Welt zugrunde,« war unten hingeschrieben. Ich sagte: »Wenn die Person gemein sein will, kann ich nichts machen.«
Im Zimmer war es still. Mein Vater sagte, zu mir kann man nicht wie zu einem Menschen reden, aber daß ich heroben bin, damit ich herumziehe mit einem Kerl, dafür kommt er nicht auf. Ich sagte, ich kann ihn nicht zwingen. Ich wußte nicht, wer mir die Worte eingibt, eine solche Gewißheit kam in mich, ich kann daran nicht vergehn. Und daß ich mich nicht wegbringen lasse von meinem Geliebten, das ist mir geblieben.
Wenn ich mich auf den Mann verlasse, dann werde ich ihn ja kennen lernen in der nächsten Zeit. Für das eine sind die Herren zu haben, für das andere nicht. Er soll den Ludwig nicht schlecht machen, sagte ich, wenn er ihn nicht einmal kennt. Mein Vater sagte, er will ihn auch gar nicht kennen. Das sind nämlich die Männer, von denen man daheim nichts wissen darf und darauf kann man gehn. Nichts drang in mich ein. Ich konnte gar nicht weinen, es war alles so weit weg.
Ich weiß nicht, ob mein Ludwig was gemerkt hat. Er fing sein Dasein zu bereden an und wie schlecht es ihm selber geht. Da wußte ich, mit mir kann ich ihm nicht auch noch kommen. Ich wollte weniger essen. Ich schrieb heim, ich werde niemand am Hals liegen, ich gehe in Stellung. Aber da waren andere ganz anders ausgebildet und haben auch schon gewartet, die Arbeitslosen waren zuviel. Wo ich es versuchte, war die erste Frage: »Fräulein, haben Sie in der Branche gelernt?«
In einer Versorgungskasse hätte ich zur Not was bekommen, da wollte ich wieder nicht, mit rechnen kann man mich jagen. Außerdem fielen die mit der Tür gleich ins Haus: »Bei uns werden Überstunden gemacht, bei uns geht es jede Nacht bis

um zehn. Nicht daß Sie sich dann beklagen!« Schon im Anfang stand die Erpressung. Eine Person wie ein Faden folgte mir die Stiege hinunter, sie sprach mich freiwillig an: »Ich kann Sie nur warnen, bei denen bricht eine jede zusammen. Sehen Sie mich an, ich gehe von selber.« Ich erkundigte mich, das Haus war berüchtigt. Eigentlich konnte ich es mir gar nicht leisten, gerade stieß ich mich noch ab von der Schraube.
Das alles war mir so leid, jeden Tag mußte ich wieder losgehn. Ich hätte nie gedacht, wie müd man davon wird. Dann waren die Schuhe durchgelaufen, dann war das Gewand verregnet, dann konnte ich nicht mehr viel in die Wäsche geben. Auf der Bude waschen war mir verboten. Tat ich es heimlich, lag die Wirtin schon auf der Lauer. Ich muß hinaus, wenn sich das wiederholt, sie läßt sich nicht ihre Zimmer verdampfen. Ich schaute abgerissen aus, da ließen sie mich gleich nirgends mehr ein. Mein Ludwig sagte: »Kind, so wirst du nie was finden.« Mir war selber ganz angst, daß ich mich wo in einer Auslage sehe.
Da ist mein Ludwig immer noch in den Lokalen herumgezogen und hat den ganzen Tisch freigehalten, da hat er andere mit dem Taxi herumfahren lassen und vorgetäuscht, was er nicht einmal hatte. Bei mir schimpfte er dann über die Leute, die ihm das Geld wegtragen und sagte, lieber müßte er doch mir was geben statt diesen Fremden. Darin ist mein Ludwig wie vor einer Mauer gestanden. Und bei mir hat ihm das Großtun doch nicht geholfen. Ich mußte mich zusammennehmen, daß ich ihn noch begreife. Wenn ich ihn gar nicht hätte, dachte ich, was wäre ärger? Schon die ganze Zeit war so was Leeres hinter seinen Worten. Wenn ich genau wüßte, wie er ist, meinte er, ich würde vielleicht nicht mehr mit ihm gehn. Allein fragte ich mich, ob ich was von meinem Ludwig nicht weiß und alles war so traurig.
Weil ich so lang keine Stellung fand, hat mir mein Vater ein letztes Mal was geschickt. Mehr, schrieb er, wird nicht herausschaun, er muß an seine anderen Kinder denken. Das Geld wäre mir eine Hilfe gewesen, hätte mich mein Ludwig nicht am gleichen Tag geholt und mir auf dem Weg was gesagt. Ob ich auf ihn warte, wenn er ins Ausland muß? Er kann im

Land nicht mehr bleiben. Wie wenn mein Ludwig wem auskommen müßte, so ist er mit starrem Gesicht und immer schneller dahingegangen.

In seinem Zimmer hat eine Kellnerin auf ihn gewartet und ihr Geld verlangt, wofür mein Ludwig das ganze Jahr auf Rechnung gegessen hat. Sie hat gehört, der Herr wäre in ein paar Tagen sowieso weggezogen und sie wird nie wieder auf einen Herrn vertraun. »Sind Sie still,« sagte er, »Sie bekommen Ihr Geld.«

Eine schöne Summe hat sie ihm weggetragen. Mein Ludwig fluchte, das war jetzt das Geld für seine Reise, er muß aber weg. Er wollte nichts wie heraus, da habe ich ihn mitgenommen und ihm das Geld für seine Reise gegeben. Ich trug es ihm auf der Hand hin und sagte, ich habe soviel, mehr nicht. Davon muß er mir dalassen, was er nicht unbedingt braucht, das andere mag er nehmen. Mein Ludwig muß nicht geglaubt haben, daß ich ihm alles bringe, er hat mir das Meiste genommen.

Mein Ludwig ist gerade noch rechtzeitig weg, schon am anderen Tag ist die Frau gekommen. Sie hat gehört, daß der Herr mit mir geht. Wo mein Ludwig hin ist? Sie hat ihm eine große Summe gegeben, die braucht sie wieder, damit sie ihre Mutter ins Irrenhaus einkaufen kann. Wenn sie das Geld wo anders aufbrächte, würde sie es ja nicht verlangen. Mein Ludwig hat es ihr so bestimmt in diesen Tagen versprochen.

Die Frau war die Ärgste nicht, denn jetzt kamen sie nacheinander daher. Alle sagten: »Fräulein, Sie müssen die Adresse doch wissen.« Die Polizei hat sie nicht gewußt und niemand. Da kam es richtig auf, wie mein Ludwig bloß von den anderen gelebt hat und ich habe das nicht geahnt. Ich sagte: »Er ist in seine Heimat, er wird das Geld dann schon schicken.« Aber das haben sie mir nicht geglaubt. Einer fragte: »Fräulein, haben Sie sich denn ganz dumm machen lassen?« Ein paar wurden gleich recht frech auch. »Fräulein,« sagten sie, »dann wird er Ihnen schon was gegeben haben von meinem Geld. Man weiß, wie die Fräuleins es machen. Daß sie hernach dann nicht herhalten wollen, das weiß man wieder.« Ich konnte mich kaum mehr halten. Da war noch ein Frauenzimmer, die tat vor mir groß, daß sie seine Geliebte war, sie hat ihm das Geld für seine Reise gegeben. Ich wußte nicht, was daran gelogen war, ich wußte überhaupt nichts mehr von meinem Ludwig.

Ich wäre heimgegangen, sie haben mich nicht gelassen. Wo das Geld geblieben ist, wenn ich schon nichts mehr habe? Warum ich keine Stelle finde? Die haben gewiß gemeint, ich tue nichts dazu.

Ich habe gewußt, daß andere Mädchen es von den Herren haben und ganz schön leben. Wer bist du denn noch, fragte ich mich, wenn so schon alle auf dich herabsehn? Wenn er dich so hineinreiten mag, bist du für deinen Ludwig auch nichts weiter gewesen. Du hast ihm geglaubt, dumme Geiß, ein Luder wird er aus dir machen, wenn du noch lang an ihn denkst. Das war für mich wie eine Faust, die mich dazu preßt. Der Magen tat mir schon weh, ich wußte nicht, wer gibt mir zu essen? Es gab keinen tieferen Punkt, was sollte ich machen? Ich habe nicht aus und nicht ein gewußt, wirklich. Daß ich keine Mutter hatte, wen ging das was an?

Ich habe mich noch immer gewehrt. Ich legte mich auf mein Bett und nahm mir vor, ich stehe nicht wieder auf. Drei Tage und zwei Nächte bin ich da gelegen ohne die Nahrung, ich hörte die Stunden und konnte nicht schlafen. Am dritten Abend habe ich Wasser getrunken, als es schon dunkel wurde, dann ging ich hinunter.

Ich mußte mich doch immer an der Hausmauer einhalten, das habe ich von der Seite her mit dem Körper verdeckt. Ein Herr hat es doch gemerkt, weil er mir länger nach ist. War ein feiner Mann und hat mir so zugeredet, daß ich das nicht wieder tue. Ich ließ mir den Hunger ankennen, da hatte ich gleich mein Essen. Ich konnte sehn, was alles geht. Der Mann war auf Durchreise hier und nahm mich in sein Hotel mit.

Ich hielt den Kopf auf die Seite, er drehte das Licht aus. Das war das erste fremde Bett für mich, ich merkte, daß ich nicht dafür passe. Ich habe in die Laterne geblickt und gehorcht auf jedes Geräusch, und der Mann war so still und hat gehorcht auf jedes Geräusch. Durch den Blick war ich von dem Mann entfernt, durch das Horchen und die Stille war ich ihm

wieder nah. »Mir ist nicht gut,« sagte ich. Der Mann sagte, er hat gleich gemerkt, daß was mit mir ist. Ich soll mich hinlegen und schlafen und er hat ein soziales Interesse.
Ich zog das Bett leise über mich, ich lag lange da mit stillen Augen. Ich paßte auf, daß ich nicht an ihn stoße. Die ganze Zeit mußte ich denken, wie das hier wenig ist, was einmal viel war. Der Mann machte eine Bewegung. Ich merkte, daß er nicht schläft und auch bloß daliegt mit offenen Augen. Dann kam er zu mir herüber und nahm mich unter den Kopf, daß ich nicht wegschauen konnte. Er fragte, warum ich das nicht mache und warum nicht das, seine Stimme war so behutsam und immer Kind hat er mich genannt. Ich wußte nicht einmal, was das ist, wovon er redet. Da hielt ich ihn für eine große Ausnahme unter den Menschen. Verstockt lag ich da. Ich wollte ihm nicht ins Gesicht sagen, ich kann mir nicht denken, wie es bei ihm zugeht. Der Mann merkte was und legte sich weg. In dem Zimmer ist eine Uhr gegangen.
Da war ich an seiner Seite bleich von dem Schrecken und mit nichts zugedeckt als mit einem verlegenen Lächeln. Der Mann redete herüber, die ganze Zeit denkt er über was nach. Aber wenn mein Freund es mir nicht gesagt hat, dann will er mir auch nichts sagen. Ich soll nicht mehr daran denken.
Der Satz fiel in mich wie ein Stein. Denn wenn er nicht die Ausnahme war, dann mußte ich selber die Ausnahme sein und vom Leben der Erwachsenen nichts wissen. Das ist mir von tief innen bis in die Augen gegangen, ich konnte mich nicht rühren. Und was mir da geschah am Leib, daß ich nicht rein bin und doch von nichts was weiß und wie in eine Gasse geführt bin, wo andere nicht hingehn, das hätte mir doch mein Ludwig nicht antun dürfen. Denn er hat mich im Glauben gelassen und nie was gesagt, so daß ich es erfahren mußte durch einen Fremden. Das ist mir wie die größte Beleidigung gewesen.
Wie ich so lag, stand die Zeit in mir still wie an einer Mauer und immer die gleiche Verstocktheit wie ein tiefes Wasser an einer Mauer. Die ganze Nacht habe ich nicht geschlafen und mich immer aufgesetzt und geschaut. Dem fremden Herrn ist auch ganz eigen gewesen.

Abenteuer aus dem Englischen Garten

Wie ich beim Maurern gewesen bin, habe ich immer viel Steine heben müssen. Davon habe ich Hände bekommen, wo ich das Feinere nicht mehr damit spürte. Und wenn mir ein Kamerad die Hand gab, habe ich immer nichts in der Hand gehabt. Ich dachte, Emil, jetzt bist du schön der Blamierte, und wenn du an einem Mädel herumlangst und tust ihr weh, dann kennst du es nur am Schreien.

Aber meine Kameraden haben alle eine gehabt und sind abgeholt worden nach der Arbeit vor meinen sehenden Augen. Meine Kameraden haben an mir viel zum Lachen gehabt und gesagt: »Ach, der Emil, das ist ja noch der Kleine!« Aber ich hatte es im Gefühl, daß ich damit nicht richtig beurteilt bin.

Wir haben dann wieder einmal gestreikt, und es war eine höhere Macht für mich. Ich wußte nicht, was ich tue. Ich dachte, ich hole einen Kameraden von mir beim Maffei ab. Ich ging über die Brücke und mit der Zeit bin ich auf einer Landstraße bis in die Nähe vom Maffei gekommen, der Maffei ist auch da noch gestanden. Aber wie ich hinein bin, war mein Kamerad nicht mehr da.

Ich habe gemacht, daß ich wieder hinauskomme, und es war was Merkwürdiges, daß mir immer das, was ich will, nicht hinausgeht. Ich nahm mir vor, von jetzt an gehe ich nicht mehr zum Maffei, aber davon ist dem Maffei auch keine Lokomotive stehen geblieben. Ich bin dann noch recht dumm in den Wiesen herumgestochert, und nirgends hat es mir gepaßt. Da hat der Fankerl ein Mädel an mir vorbeigehn lassen, das war aber ein Mädel! Ich wußte gleich, die kommt mir heut nicht mehr heim ohne mich.

Ich bin immer hinter ihr her gewesen mit Absichten und bin laut aufgetreten, damit sie die betreffenden Absichten merkt. Sie blieb aber nicht stehn und sagte: »Emil, ja weil du nur da bist!« Ich spannte, daß ich selber den Anfang machen muß und es wird sich mit dem Emil erfüllen.

Ich habe hin und her geschaut, dann hat es sich mit dem Emil erfüllt. Ich sagte laut: »Fräulein, ich mache Sie auf was aufmerksam, und Sie haben ein Loch im Strumpf.« Sie schaute an ihren Fersen herunter und fand nichts. Ich sagte: »Ich bin nur froh, daß ich jetzt auch einmal ein Fräulein angesprochen habe, aber zu meinem Leidwesen ist die für mich zu fein.«
Mein Fräulein sagte nachdenklich, daß sie aber gar nicht so fein ist, da waren wir miteinander im schönsten Zug. Ich ging zur Hauptsache über mit den vorgesehenen Worten: »Fräulein, ich bin so frei, und vielleicht kommen Sie mit mir einmal auf ein Rendezvous.« Wenn nicht, können Sie mich gern haben. Den Nachsatz habe ich mir bloß gedacht. Es stellte sich heraus, mit meinem Vorschlag habe ich ihre geheimsten Gedanken erraten.
Wir machten aus für den folgenden Tag, daß ich mich um sieben Uhr abend an eine bestimmte Brücke stelle, die von den feinen Häusern in den Englischen Garten hinüberführt, dann, hat sie gesagt, kommt sie an mir vorbei und kennt mich. Mein Fräulein hat noch eigens verlangt, daß ich ihr in meinem Arbeiteranzug daherkommen muß genau so wie jetzt.
Ich sagte: »Fräulein, daß wir uns da gleich einigen, Sie werden halt auch bloß ein einziges Gewand haben.« Aber das war es nicht. Es ist aufgekommen, ich habe meinen Vorläufer bei ihr. Da hat sie sich einmal mit einem bestellt, der ist statt in seiner gewöhnlichen Bluse wie ein Krachkavalier mit einem Gocks dahergekommen und mit einer Krawatte so fürchterlich, daß er ihren großen Zorn erweckte.
Ich sagte niedergeschlagen, daß ich schon selber so gescheit bin und nichts gegen mich erwecke. Aber es paßt mir leider gar nicht, daß ich einen Präcedenzfall habe. Vielleicht geht sie bereits neben mir her und stellt Vergleiche an zwischen mir und noch einem.
Mein Fräulein verstand meine Anspielung nicht, sonst hätte sie doch was darüber gesagt. Ich dachte, Emil, das ist schon, wie es ist. Ich wollte es mir auch nicht verderben. Ich lenkte ein: »Fräulein, weil Sie mir das gleich so ehrlich sagen, will ich annehmen, daß damals alles mit rechten Dingen zuge-

gangen ist zwischen Ihnen und dem bewußten Herrn.« Mein Fräulein lachte: »Ach, ein Herr war es gar nicht.« Mein Fräulein war über meinen geistigen Scharfblick erbaut.

Dann war lang gar nichts, auf einmal hat mich mein Fräulein flüchtig gegrüßt, und bis ich mich umschaue, ist sie in einem von den feinsten Häusern verschwunden und hat da gewohnt. Ich machte mir meine Gedanken, inwiefern ich zu der Ehre einer solchen Bekanntschaft komme. Und in meinem Arbeitergewand mußte ich deswegen erscheinen, damit ich mich dadurch von ihrem sonstigen Umgang unterscheide.

Es war eine Blonde. Jetzt wenn mich wer gefragt hätte, dann hätte ich gewußt, was ich sage, und meine Lieblingsfarbe ist blond. Aber wenn ich damals gewußt hätte, an was für eine ich gleich komme, ich wäre zu dem Fräulein nicht einmal hin.

Der Tag ist gekommen, der Tag ist gegangen, ohne daß ich mir was gebrochen habe dabei. Der bewußte Abend nahte heran, der ist dann auch verlaufen. Aber wie er verlaufen ist, da habe ich später viel darüber nachdenken müssen.

Da haben wir also einmal den Emil, außerdem war eine Hauptperson fällig, auf die hat der Emil wie verabredet an der Brücke gewartet. Daß ich so pressant war und mich schon um dreiviertel sieben Uhr wie ein Sterngucker hinstellte und schaute, davon will ich noch gar nicht reden. Aber wie es sieben Uhr schlug, war sie bleich vor Aufregung immer noch nicht angewandelt, da hat er mir schon geraucht. Ich ging ihr langsam entgegen. Vor ihrem Haus mußte ich erst noch lang hinstehn, da hat er mir gestunken.

Angewachsen bin ich inzwischen auch nicht. Deswegen ist meine zurückhaltende Miene bei meinem Fräulein dann auf einen traurigen Leichtsinn gestoßen. Vom Leichtsinn will ich immer noch nichts sagen, wie ist es mir außerdem mit meinem Fräulein gegangen? Gesagt hat sie was über mich und es war nicht richtig, daß ich bis ganz zu ihrem Haus hingegangen bin. Da habe ich es gehabt.

Sie sagte: »Vielleicht hat mich jemand mit Ihnen zusammen gesehen.« Ich konnte die Weisheit nicht entdecken, die in ihrer Bemerkung steckte und ich schluckte daran. Die Tatsache

blieb hart, vielleicht hat sie jemand mit mir zusammen gesehen!
Ich fragte mich, ob mein Fräulein so weitermacht und mir gegenüber auf dem ganzen Spaziergang nichts von ihrer großen Liebe bekennt. Das wäre aber von ihr nicht schön gewesen. Ich sagte: »Fräulein! Man läßt nicht gleich einen Kriegszustand aufkommen mit einer fremden Person.« Letztere Empfindung hat sie, wie sich herausstellte, mit mir geteilt.
Auf dem Weg, wo wir hingingen, habe ich immer soviel glotzen müssen vor lauter beleidigter Ehre. Wir nahmen die Straße, die am Kleinhesseloher See vorbei nach hinten in die Hirschau führt. Hier gingen nicht soviel Menschen wie auf der vorderen zum Aumeister hinunter.
Bloß die Radler waren nicht ausgestorben, und es vermehrte meine Leidenschaft für die Radler nicht. Sie fuhren schnell und in dem Bewußtsein, daß sie keine Laterne angesteckt haben, dabei wird es bereits dunkel. Mein Fräulein behauptete, daß ihr das viele Klingeln nichts macht. Es war wieder für lang still zwischen uns. Ich schmeckte immer herum mit meinem Vorsprung, und es schmeckte nach Staub und Abend und bittrem Gebüsch. Diese Tätigkeit erwies sich für die ganze Dauer des Spaziergangs als ungenügend.
Ich mußte bald einmal was sagen, sonst kamen wir miteinander nicht recht in Schuß. Ich sagte: »Im Englischen Garten kann man halt um diese Zeit nie so recht alleinig sein.« Ich wurde rot wie ein Ertappter, ich fürchtete schon, ich habe meine Gefühle verraten. Ich bekam nicht heraus, was sie so allein in dem München treibt. Sie war nicht in Stellung.
Ich begab mich dann mit meinem Fräulein in ein größeres Gespräch über Wald und Flur. Ich sagte: »Beobachten Sie diese Gruppe Pappeln von uns aus dreißig Schritt rechts. Können Sie abschätzen, wieviel Bäume sind es?« Da hat mein Fräulein sich noch nichts ankennen lassen.
Ich sagte: »Das Nadelholz und das Laubholz ist in dieser wilden Anlage ungleichmäßig verteilt. Das Laubholz herrscht vor, hat aber vielfach nur einen niedrigen Stand erreicht.« Da schaute sie mich bereits an, und es hat was bedeutet.
Ich sagte: »Vorne taucht in großer Entfernung eine Gestalt

auf, die sich auf der linken Seite der Straße hält. Ich erkenne jetzt, die Gestalt ist weiblich, sie hat einen Rock. Es ist anzunehmen, daß die Gestalt auf uns keine feindlichen Absichten hat.«
Da hat mein Fräulein vor Wohlgefallen an mir gelacht.
Ich sagte: »Die Straße, auf der wir gehen, ist auch für Lastkraftwagen geeignet, wird aber auf grund der abwegigen Lage dazu nur selten benutzt.« Da ist mein Fräulein bereits mit mir per Arm gegangen.
Ich sagte: »Auf jener Straße klingeln gleichzeitig drei verschiedene Radler. Der mit dem dunklen Ton ist der letzte und hat bereits ein Licht, aber der mittlere ist schneller wie der vordere gefahren.« Da blieb mein Fräulein neben mir stehn, und bis ich mich umschaue, habe ich meinen Kuß weg ohne zu klagen.
Ich kam zur Erkenntnis, mein Fräulein ist eine Vife. Das habe ich mir nicht zweimal sagen lassen.
Mein Fräulein hat jetzt immer so leichtsinnig gelacht, aber, hat sie gesagt, ich darf mir nichts dabei denken. Per Arm und ein wenig schief sind wir bald rechts und bald links auf der Landstraße dahingeschoben und haben die Radler geärgert. Mein Fräulein sagte, jetzt muß ich sie aber auch einmal anschaun, denn bis dahin habe ich mich von ihr nur anschauen lassen. Leider wurde bei der Ausführung nichts daraus, ich habe halt mein Fräulein so auf Kommando nicht erblicken mögen.
Sie zählte bis zwanzig, damit ich mich sammle. Ich biß mich auf meine Zunge vor Grimm. Mein Fräulein merkte den Grimm nicht, sie lachte über mich, wie ich dastehe mit meinem todernsten Gesicht und muß erst von ihr den Gebrauch meiner Augen erlernen.
Da war es mir aber zu dumm, ich habe es ihr richtig gesagt, was sie für ein Weibsbild ist, dann habe ich ihr meine Augen wie ein Wilder gegeben. Die hat sie dann gehabt, wenn sie was daran hatte, aber ich war ihr inzwischen beleidigt. Unschlüssig gingen wir weiter und blieben ein Stück vorn wieder stehn. Mein Fräulein hat mir im Geiste Abbitte geleistet und ich ließ mich erweichen.
Wir haben uns dann immer so grausam anschauen müssen,

sie hat die Augen herausgestreckt wie auf einer Fotografie. Davon war sie auf einmal ernst. Aber wie ich selber ausschaute dabei, das hat kein Auge wie das ihre erspäht, und sie behielt ihre Beobachtung für sich. Jetzt erfolgte lang gar nichts, doch war es die höchste Zeit, und ich hätte meinen Arm um ihre Taille legen müssen, so verloren war sie schon in mein Gesicht. Und den Arm habe ich nicht um ihre Taille gelegt, denn die Taille war mir noch zu fremd. In eine solche Verlegenheit habe ich mein Fräulein gebracht, und wir sind immer noch hingestanden.

Da hat es mein Fräulein vielleicht schon gereut, daß sie nicht gegangen ist mit einem anderen, sondern hat sich die ganze Seligkeit vom Emil erwartet. Das habe ich daran gekannt, weil mein Fräulein so hochdeutsch wurde. Sie ging immer schnell weiter und schaute sich nach mir nicht einmal um. Ich konnte ihr das ja nicht erklären, was ich für ein Langsamer bin. Wenn ich kaum das erste Wort zu ihr sagte, verzog sie schon den Mund, und ich verstummte.

Aber sie durfte alles sagen, und wenn ich mich so benehme, ist sie so frei und will nichts mehr von mir wissen. Ich fragte: »Wie habe ich mich denn benommen?« Darauf schaute sie mich bloß an, und es mußte aus einem wichtigen Grund ihr Geheimnis bleiben. Um mit den Sternen zu sprechen, ich war in der Vernichtung. Ich widersetzte mich: »Wenn ich es nicht weiß, kann ich mich ja nicht verbessern.« Mein Fräulein hat das ihrer Aussage nach von mir gar nicht verlangt.

Bei der Gelegenheit langten wir an dem bewußten Kreuzweg an, wo sich mein Fräulein zum ersten Mal von mir trennen wollte. Und so lang die Nacht war, wenn wieder so ein Abschied kam, habe ich mir jedesmal die Stelle mit bezug auf mein Fräulein gemerkt. Es war hinterher eine ganze Sammlung.

Für diesmal machte sie nicht viel Geschichten mit mir, »adieu!« sagte sie und dann war sie weg. Ich habe ihr von dem Platz aus, wo ich blieb, wie ein sanftes Kamel nachschauen können. Verdrossen setzte ich mich ins Gras. Ich dachte, wenn das alles ist, was mir von dem Abend bleibt, das ist aber wenig, und es war wenig.

Auf einmal hörte ich Schritte, die mußten von einem Fußgänger sein, der sich vorhin entfernte und jetzt kommt er mir wieder nah. Bis ich mich besinne, war sie wieder da und rief mich mit Namen Emil an, das sah ihrem Wankelmut gleich. Anfangs mochte ich gar nicht aufschaun wegen einem Fußgänger oder so wem. Sie bestand darauf, daß sie, wenn sie Emil sagt, damit mich meint und keinen anderen.
Wir erkannten, wie dumm wir sind und machen aus der Zuneigung noch ein Geheimnis. Damit war es vorbei, wir drückten im Gehn unsere Gesichter aneinander. Wir wankten ein wenig im Schritt und Gegenschritt und starrten auf ein bleiches Licht in der Ferne. Die Straße war bleich wie Bein.
Wir ließen Bäume hinter uns und wieder Bäume, wir wären so gern allein gewesen und waren doch nicht allein. Dafür gab es viel zuviel Radler, und wenn man meinte, wie weit der noch von einem weg ist, war der Kerl schon bei einem dort und die Radler sind so frech und schauen einem direkt ins Gesicht.
Wir kamen darauf, daß wir uns abseits vom Weg auf einen Rasen hinsetzen müssen. Sie sagte: »Geh du zuerst!« Da hat es mich aber gerissen. Denn das hat soviel geheißen als wir sind per du. Ich schaute sie an, und wir waren per du.
Ich ging voraus, sie immer hinter mir her mit angehaltenem Atem. Sie wollte sehn, wie weit ich sie führe. Ich setzte mich nicht gar so weit von der Straße hin, da konnte sie über die ausgesuchte Stelle nichts sagen. Sie nahm Platz, und es war eine Enttäuschung für sie, aber sie konnte nichts sagen. Sitzend gelangte ich zu der Erkenntnis, was ich für ein Ochs bin.
Wir warteten auf eine bessere Zukunft, das war der nächste Radler. Der stellte sich ein und beleuchtete uns bereits von weitem bengalisch. Sie sagte: »Siehst du!« Der zweite Radler kam, ich gab immer noch nicht meine Schüchternheit zu als Veranlassung für unkluges Verhalten. Beim fünften Radler wünschte sie mir viel Vergnügen. Die ganze Bitterkeit lag in ihrer Stimme, ein Ortswechsel schien mir begründet.
Ich legte mich mehr ins Gebüsch zurück, damit es sie nicht so in die Augen blendet. Sie blieb sitzen und sah nicht ein, warum das jetzt noch sein muß. Ich habe mich aber von ihr

nicht beleidigen lassen. »Damit du nicht umsonst aufgestanden bist,« sagte sie und fühlte sich doch noch zum Nachgeben bewogen.

Das war nicht, wie wenn ich sage, hier ist ein Strich, von hier aus geht der eine Zustand in einen anderen über. Da war lang gar nichts. Dann war doch so was in meinem Kopf, mit dem habe ich wo hoch hinaufstoßen müssen. So ein Stößiger bin ich gewesen und war schon ganz in den Himmel versetzt, so war ich an ihr versunken. Ich habe erst lang hernach wieder was gesehen.

Da war es nicht der heilige Aloysius, der vor meinem inneren Auge stand. Ich habe es mir ankennen lassen, es ist nicht der heilige Aloysius, deswegen darf sie mich jetzt nicht blamieren. Mein Fräulein war so gut und hat mich nicht blamiert. Wir sind dann noch recht einfältig miteinander gewesen. Wir packten uns beim Gesicht, davon mußten wir lächeln, da war eine süße Verklärung, die uns durchdrang.

So habe ich es getrieben und sie auf den Hals geklopft wie eine Stute, die sich dann umschaut. Was meine Stute war in dem Fall, die hat schon von selber gewußt, wer ihr klopfte. In den Bäumen war manchmal ein Knistern, ich stellte keine Betrachtungen darüber an, da habe ich ganz was anderes getan in der Zeit. »Magst mir an mein Herz langen?« habe ich gesagt und so voll ist mir im Hals gewesen, daß ich ihn weggesprengt habe, den Hemdenknopf. Da habe ich ihre Hand geführt an mein Herz, sie hat mein Pumpern gespürt. Bei allem fragte ich sie, ob sie das mag, und trug zum Liebesgespräch meinen natürlichen Teil bei.

Aber wie ich dann ernst machen wollte, da war es ihr noch nicht ernst. Und wie ich abermals ernst machen wollte, war es das gleiche, sie hielt mich hin. Inzwischen war ich verstimmt. Wenn ein anderer an meiner Stelle wäre, fragte ich, ob sie es dem auch so macht? Brenneifersüchtig wurde ich, weil sie für mich allein nicht das richtige Herz hat.

Ich sagte es ihr, meine Stimme überschlug sich dabei, aber verstanden hat sie mich deswegen ganz gut. »Du warst ja doch schon bei einem anderen!« stieß ich heraus, ich war wie von Sinnen. Was mein Fräulein war, die hat gleich recht ge-

schaut. Sie wurde auffallend still seit meinem Ausbruch. Ich stammelte: »Gell, das habe ich gewußt.« Ich mußte ihr zugeben, daß ich noch nicht richtig mit einem Mädel war, ich hatte mich ja doch schon verraten.
Meinem Fräulein sind die Tränen gekommen, weil es mir so mit ihr geht. Alles habe ich gesagt und wie lang ich schon aus bin auf ein Verhältnis, da wird sie mich doch nicht auf diese Weise verachten. Sie wird schaun, was sie aber an mir für eine ewige Treue erleben wird, eine Treue war so ewig überhaupt noch nicht auf der Welt.
Da weinte mein Fräulein erst richtig heraus, und ich hatte ihr doch nichts getan. »Sie, Fräulein!« sagte ich ihr vor und blies sie an, daß sie lachen soll, aber aus ihrem Gesicht war inzwischen der ganze Leichtsinn verschwunden. Mein Fräulein behauptete groß und klein, was sie für eine Schlechte ist, sie hat sich wieder einmal wie so oft bei mir vergessen. Dahin war die Verklärung, aber der Jammer, der war da und was für ein Jammer.
Inzwischen ermannte sich mein tränenüberströmtes Fräulein ein wenig. So blaß war sie und mit einem solchen Beileid trocknete sie sich an ihrem durchweichten Taschentuch ab und ließ dabei solche Blicke über mich hingehn, die von einer schönen Seele sprachen, daß ich mir dachte, sie ist doch die rechte und die oder keine.
Ich legte sie mir in den Arm so zart, wie es nur ging, und atmete und sagte: »Also!« Mein Fräulein fragte, ob es mir wirklich nichts macht, sie muß das schon wissen. Die Frage war mir verdächtig. Ich fragte finster, was mir nichts machen soll? Daß ihr einer wie der andere sein muß, denn sie darf sich an niemand hängen. Bevor sie sich anhängt, muß sie ihn schon verlassen.
»Ja so!« sagte ich. Mit einem tiefen Atemzug wechselte ich in eine andere Haltung hinüber. Meine Wenigkeit war schwer gekränkt. Ich schaute durch die Bäume zum Himmel hinauf mit langem Blick. Wie da die Sterne standen, die vergesse ich in ihrer Stellung mein Lebtag nicht, so tief bohrten sie sich ein in mein Herz. Was sie mir vormachte, dahinter mußte was stecken, wofür ich als lernender Maurer nicht

zuständig war. Nach der Vorgeschichte fühlte ich mich als der Gefoppte.

Inzwischen beging mein Fräulein eine unüberlegte Handlung. Sie tat ihren Kopf auf mein Knie her und bildete sich ein, ich werde sie noch für ihre Schlechtigkeit trösten, die hat sie auch nicht verschuldet. Ich war so frei und stieß das Frauenzimmer von mir weg, da hat das Fräulein aber geschaut.

Wenn es so mit ihr steht, fragte ich, warum ist sie dann überhaupt mit mir gegangen? Hier entschuldigte sich mein Fräulein mit der allgemeinen Gleichgültigkeit und sie möchte meinen, schlimm ist es weniger für die anderen. Schlimm ist es nur für sie selber, aber sie ist da wie in einer Zange. »Halt den Mund!« sagte ich.

So sanft wie sie drüben saß auf ihrem Platz, die hat sich doch alles von mir gemerkt für später, wo sie es einmal wieder anbringt. Der Wind lief durch die kleinen Zweige, die jungen Buchenblätter wehten weich, das Sternenlicht sickerte um uns herum, das half uns alles nichts. Mein Fräulein streifte mit dem Blick über verschiedene Bäume hin, sie rückte an ihrem Kleid. Dann war sie so weit gefaßt und erhob sich als erste. Ich hörte auf zu atmen.

Mit niedergeschlagenen Augen vertraute sie mir an, sie hat kein Recht nicht. Wie es nun einmal ist, trägt sie mir auch nichts nach, wenn wir uns jeder für sich entfernen. Vielleicht finde ich bald eine andere, mit der es mir besser geht wie mit ihr, das wünscht sie von Herzen. So hat mein Fräulein scheidend an meine Gefühle gedacht. Das hat die Sache gelindert.

Wie sie da stand in ihrer Betroffenheit und nichts wie bitteren Abschied über die Lippen brachte, ging es mir schon vor, wie ich sie in ihrer Abwesenheit einmal vermisse. Ich sagte mir, so, jetzt kann ich wie der Ochs, der ich bin, allein im Englischen Garten liegen, und mein Fräulein bleibt freilich in weiblicher Gesellschaft dabei, aber ich schon schön nicht. »Setz dich!« schrie ich, »Kanaille!« Mein Fräulein hat sich danach gerichtet.

Wir haben dann noch miteinander geredet und recht dumm geschaut. Ich habe mir Mut zugesprochen und es wird für mich auch was geben, was hilft, aber suchen müssen die Menschen halt. Dann haben wir es gesucht in Gedanken, Worten und Werken. Unmäßig stierte ich auf sie hin, ich traute mir gar nicht mehr wegschaun vor lauter innerer Fassung. Ich schlang in mich hinein das ganze fremde Geschlecht, und meine Augen hat es mir herausgetrieben von dem vielen Gefühl. Mein Fräulein war so gut und beklagte sich nicht über den ihr gebotenen Anblick.

Ich hatte jetzt den schönsten Anschluß an meinem Fräulein, sie hätte allerhand mit mir anstellen können, damit sie sich von meinem Adam überzeugt, aber sie hat mir kein solches Ansinnen gemacht. Ich konnte ja nicht gut sagen: »Fräulein, du mußt an mich ein Ansinnen stellen.« Der hellichte Jammer ergriff mich, weil sie anscheinend neben mir nicht einmal weiß, was ich für sie tun will.

Da schlug ich in sie hinein wie blind, das hat sie schon besser begriffen, gleich darauf habe ich sie gehabt. Die Sterne schnitten sich mit ihrer Bahn, der Wind tauchte uns ein, in den Bäumen rührte es sich. Das alles habe ich dann wieder gemerkt und meine Beobachtungen von der Natur vervollständigt. Aber dann wollte ich heimgehn.

Ich drängte in sie, daß sie einmal geht, sie konnte sich lang gar nicht fassen. So ein Herrischer war ich dabei und mit »geh« und »geh« ist das Weibsbild endlich gegangen. Ich mußte schon früh auf den Bau.

In meiner Joppe fand ich eine letzte Zigarette. Wie sie angeraucht war und erwies sich als für den meinigen bestimmt, verlangte die neben mir auch eine Zigarette, aber ich konnte ihr keine reichen. Darüber ging mir die Kehrseite der Medaille auf, und es war nicht das gleiche, wie wenn man mit sich selber allein ist und braucht an nichts weiter denken, als was einen persönlich angeht. Ich versprach, in der Stadt kaufe ich ihr eine und war im Geiste bereits so splendid.

Danach wollte ich es mir richten, denn auf ihre Faxen habe ich nichts mehr gegeben. Ich versprach, ich stelle sie bald einmal meinen Kameraden vor. Sie darf mich dann auch wie andere Mädel von der Arbeit abholen und soll nur zuschaun, wie die es machen. Davon wurde mein Fräulein verstockt.

Aber wenn das ein Gesicht von ihr war, dann habe ich darauf nichts gegeben, mein Name war Emil.
Wir sind gegangen und gegangen, alles war anders. Wir schickten uns, weil uns ein wenig fror. Ich zog die Hand von meinem Fräulein unter die Achsel, das war alles, was ich noch für sie tat. Ich gab mich immer weniger mit ihr ab. Im Schritt richtete sie sich nach mir.
Die Nacht hing hoch in den Bäumen wie feiner Rauch, ich sagte es meinem Fräulein nicht. Der Wind rührte an meinen bloßen Kopf. Ich ging dahin wie allein und schaukelte im Gang stark mit den Schultern.
Dann ist es langsam Zeit geworden, daß ich mir die Meinige ziehe. Ich machte sie damit bekannt, sie muß mir in allem folgen. Sie schaute bloß vor sich hin, der Blick war mir für einen guten Willen zu schnell. Da wollte ich gerade einmal sehn, wer bei uns Herr im Haus ist.
Mittlerweile kamen wir ganz schön hin an den falschen Weg, ich hatte schon im voraus an den gedacht. Erklärt habe ich es ihr auch, daß wir den jetzt nehmen. Die Erklärung erfolgte wider mein besseres Wissen. Glaubst, mein Fräulein hätte in Reue und Leid ihre bis dahin gehabte irrige Ansicht bekannt? Glaubst, sie hätte sich in überquellender Liebe auf meine Angaben verlassen? Um die Welt nicht. Erklärt hat sie es mir, es geht aber noch eine Zeitlang auf der Hauptstraße zu, und dann kommt erst der Seitenweg rechts. Da war keine Liebe dabei, da hat auch keine Liebe dabei sein sollen.
Ich habe es ihr aber richtig gesagt, was der Weg in Wirklichkeit für einer ist, aber es ist der, den ich im Geiste meine. Sie sagte, in ihren Augen habe ich meine Physiognomie vervollständigt. Ich sagte: »Ich gebe dir schon eine Physiognomie!« Dieses Weib nahm das Wort nicht zurück, wobei sie vor Schreck erbleichte. Direkt einen scharfen Mund nahm sie vor lauter besserem Wissen an, und sie gefiel sich darin, aber mir gefiel sie nicht.
Ich war einfach starr, wie fremd mir mein Fräulein inwendig ist. Aber wie ich ihr ins Gewissen redete, was war das Ende? Da ist mein Fräulein bereits nicht mehr mit mir per Arm gegangen. »Emil, es geht nicht,« sagte sie, und es ist

einfach nicht gegangen. Mir stand über mein eigenes Fräulein der Verstand still. Was aber und geht nicht? Daß sie mein Verhältnis ist, sagte mir mein Fräulein ins Gesicht. Anscheinend hatte ich keinen Grund, daß ich mich darüber beklage.

Es muß keine besondere Mitteilung gewesen sein, die sie mir damit machte, und so direkt bei ihr dort wollte ich auch nicht nach meinem Herzen greifen. Bloß ein wenig gehoben hat es mich, und in ein kleines Gehen bin ich gekommen und immer wieder einen strauchelnden Schritt zurück. Mein Fräulein, was es bemerkte, hat mich hilfreich gehalten.

Sie war überhaupt wie eine barmherzige Schwester mit mir, und ich sage, das hat die leicht können! Und so arg schön hat sie meinen Namen genannt und die Hände zusammengelegt, wie wenn sie mich anfleht um Verzeihung, den Tort mir aber doch antut. Nichts wie einen Emil hat sie aus mir gemacht vor lauter Namensnennung, aber so falsch war sie dabei. »Emil, es geht nicht,« das war ihr Refrain, und das ist er geblieben. »Gell, dir war halt was nicht recht,« habe ich gesagt, die Stimme ging mir darüber aus. Es war schon, wie es war, die Schlechtigkeit lag bei meinem Fräulein, ich hatte es zu tragen. So jammervoll war es mit ihrer ewigen Treue bestellt, »Emil, es muß geschieden sein,« hat es geheißen, und dann war sich geschieden.

Aber auf das wenn es ankam, das konnte ich auch und nicht bloß mein Fräulein! Nachher war ich sogar der Erste und habe die Seelenstärke besessen. Mittendrin ließ ich sie stehn, ich lief auf und davon. Jetzt kommt aber das Nette, denn was hat mein Fräulein, was sich von mir trennen wollte, getan? Neben mir hat sie herlaufen müssen, sage ich, denn ohne mich findet sie den Weg nicht im finstern hinaus. Wie habe ich da mein gedankenloses Fräulein verlacht!

Aber selber stieß es mir schmerzlich auf, wie mein Fräulein mich immer noch braucht in der Stunde des Verrats, so unersetzlich ist und bleibt eben der Emil. Ich sah mich nicht um, sie war selber schuld, wenn sie immer noch neben mir herlief.

Mit Fleiß stimmte ich einen frechen Gesang an. Damit zeigte ich ihr, wie wenig ihre Anwesenheit bei wem andere Menschen ergreift. Die Lieder habe ich nicht alle gewußt, ich bin sonst keiner von denen. Da habe ich mir geholfen und unaufhörlich das gleiche gesungen. Mein Zweck war auch damit erreicht, mein Fräulein war rot unter der nächsten Laterne.

So trieb ich sie wie ein Spottvogel heim durch den ganzen Englischen Garten, der heute bereits ohne meine Veranlassung der Schauplatz mancher Schlechtigkeit war. Ich will meinem Fräulein nichts nachsagen, an ihrem Benehmen habe ich bald was gespannt. Mitten im Singsang faßte sie mich an meiner Schulter an, dabei war sich meines Wissens seit vorhin noch immer geschieden. Daran erkannte ich, mein Fräulein hat sich leider für ihre wahren Gefühle ein wenig übereilt ausgesprochen. Ich erbarmte mich aber nicht über sie. Mein Fräulein hat ihren Irrtum gemerkt und die Hand, die ihr fortgelaufen war, mit der Bitte um Entschuldigung schnell wieder an sich gezogen.

An einem Gärtnergrundstück vorbei gingen wir zu den ersten Häusern hinüber. Jetzt hätte mein Fräulein den Weg ja von selber gefunden, aber sie machte von Erdkunde keinen Gebrauch. Wenn ein Mensch sah. was sich da für ein junges Kind schon solche Lieder vorsingen läßt, der hat sich auch seinen Teil über das Mädel gedacht. Vielleicht wollte ich das gerade. Dafür redete ich sie noch saudumm an und fragte, was sie bei mir noch zu tun hat.

Mein Fräulein stand da wie ein Stein. Später weihte sie mich in die Gründe zu ihrem Benehmen ein. Das hätte sie nie von sich gemeint, sagte sie. So wie sie sich heut kennenlernt, kann sie sich nicht einmal auf sich selber verlassen. Und sie kann nicht so von mir weg. Das war kein Grund für mich, daß ich ihr die Ehre ihrer Bekanntschaft mit mir verzieh.

Wieder an einem Eck sagte ich: »Gehn wir einmal dahin«, und wir sind einmal dahin gegangen. Denn an der finstern Ecke, wo die zwei Gartenzäune im schiefen Winkel gegeneinanderlaufen und dahinter ist gleich ein Verschlag, dort stand mein Busenfreund und noch einer daneben. Mein Busenfreund war mit einer Magd da. Bei der hatten sie sich bis dahin auf eine Weise benommen, daß ihr zum Bewußtsein kam, sie ist

weit und breit das einzige weibliche Wesen. Die Magd hörten wir schon lachen von weitem, so hat es ihr gepaßt.
Wie ich mit der meinigen hin bin, die immer noch kindlicher dreinschaute vor lauter schlechter Behandlung auf dieser Welt, da waren die drei auf einmal still. Ein Steinchen, was sich ein Kind droben aufgehoben hat, ist irgendwo von einer Latte am Zaun heruntergefallen. Eine Zeitlang hat man nichts gehört als das Steinchen. Mir verschnürte es selber den Hals. Ich sagte: »Servus beisammen!« Ich habe ihnen mein Fräulein gleichsam präsentiert, das war aber auch ein Fräulein! Die Burschen haben meinen festen Blick verstanden. Und ich hatte einen großen Erfolg, das war Balsam auf meinen Zorn. Mein Fräulein, was feiner war, wußte es nicht anders wie mit »guten Abend!« Da waren die zwei strammen Kameraden so frei und brachten ihrerseits einen guten Abend auf hochdeutsch heraus. Bloß die Magd hielt sich nicht daran. Sie starrte mit unbestimmtem Blick wohin, wo kein zweites Fräulein stand. Die Magd hat schön geschaut, wen ich da anbringe, und war weit und breit nicht mehr das einzige weibliche Wesen.
Wir haben dann alle fünf auf was gewartet. Aber mein Fräulein ergriff auch nicht die Initiative in dem beabsichtigten lebhaften Gespräch. Deswegen mußte es dann unterbleiben. Wieder hat sich ein Steinchen gemeldet von dem unbekannten Kind, und das Kind, was gemeint hat, seine sind wunder wie gut aufgehoben, ist nicht im Hemd angelaufen gekommen und hat seine Steinchen gerettet.
Während der ganzen Zeit haben sich die Burschen das Gesicht von meinem Fräulein gemerkt. Einer seufzte und wechselte mit dem Fuß in eine andere Stellung hinüber. Mein Fräulein schaute bei der Magd immer auf die Frisur hin, und die Angelegenheit war dringend. Denn der bläßliche Mittelscheitel, der nie anders gezogen wurde, war bereits zur breiten abgestorbenen Straße geworden, beim Betrachter erweckte er Wehmut. Ich warf meinem Fräulein einen Blick zu. Sie schaute schnell weg und unterdrückte eine naseweise Bemerkung.
Mein Fräulein war dann über das Schweigen, das sie verur-

sacht, noch recht niedergeschlagen. Sie schämte sich neben dem Zaun, weil es nicht mehr schön ist, wie sie mit mir herumzieht. Aber ich sage, das hat meinem Fräulein nicht anders gehört. Vor lauter Verlegenheit entfernte sie sich unvermittelt aus der deften Versammlung, aber der, welcher vorhin seufzte, hat sich aufgeschwungen und beim Abschied hinzugefügt: »Guten Abend – Fräulein!«

Wir gingen so herum, bis sich die Empfindung von Schmach in meinem Fräulein gesetzt hat. Dann standen wir wieder an einem Zaun. Mein Fräulein wußte nicht, was jetzt kommt, ich selber auch nicht. Vor uns zog sich lang eine halbfertige Straße mit Bauplätzen hin. Ein Trambahngeleise war durchgelegt, weit vorn zwinkerte eine Laterne. Ich lehnte am Zaun und sah dem blinkenden Geleise nach, wie es von mir davonlief. In einem Hof hielt ein Herr seinen Hund zurück, weil er den Mond anheulte.

Ich langte nach meinem Fräulein, sie ließ sich gerade nicht stören. Wir berührten uns fast, aber ihre Gedanken gingen keinen was an. Wie sie mit dem Blick am Geleise hing und sich weit hinauszog an den verlaufenden Schienen, als müsse sie flüchten, lag eine Bereitschaft an das Unbekannte darin, die ich nicht verstand. Einer unbändigen Sehnsucht hatte sie sich verschrieben, ich kam da nicht mit.

Damit konnte sie mir zwar nicht imponieren. In gleichmäßigen Abständen stieß ich mit meinem Stiefel nach ihrem Schuh hinüber, daß es klappte. Mein Kopf gab der Pendelbewegung, wenn sie den Körper durchlief, mit regelmäßigem Zucken nach. Damit hörte ich noch lang nicht auf, einfach so, weil es mir eben Spaß machte, darum. Ich schlug meine Zeit tot und kam mir als ein rechter Hui-Kerl vor. Da hat mein Fräulein auf einmal was gehabt.

Sie lief ein paar Schritt in die Straße hinaus, blieb stehen und schaute zu mir zurück, alles hatte seine Bedeutung. Wie auf der Bühne lief sie wieder ein wenig in die Straße hinein und war beim Geleise. »Magst,« spottete sie, »ich lege meinen Kopf auf die Schiene da. Wir spielen, ich lasse mich von der Trambahn überfahren.« Und wieder kam ich nicht mit.

»Weg mit der Nuß!« sagte ich, aber die Person ließ sich nicht

halten. Sie schnitt eine Grimasse, als sie mit suchendem Hals die geschliffene Schiene probierte, und machte verkehrte Welt und setzte den Hals wie an ein Rasiermesser an. Von weitem sang eine mörderische Trambahn heran, ich war wie gebannt.
Sie hielt unsinnig lang aus und rollte nicht weg, der Fahrer warnte schon mit dem Signal. Gerade riß ich sie noch zurück, weil es das nicht brauchte.
Ich trug sie dem Zaun zu, sie machte sich ängstlich leicht. Mir war, als ob sie nach mir horchte. Dies Horchen erbitterte mich. Ich wollte ihr die Faxen schon austreiben und ich fuhr es ihr hin: »Ich gebe dir schon, was du brauchst. Um ein Haar waren wir beide darunter.«
Ich stellte sie nieder und stieß sie gegen den Zaun, sie gab einen kleinen Laut von sich. Der Stoß pflanzte sich durch den Zaun fort. Ich stierte auf das nachzitternde Holz, warf mich weit zum Ausholen zurück und stieß sie wieder hin mit aller Kraft. An meinem Blick, der so ganz von innen kam, mußte sie es begreifen. Sie hatte mich auf eine gemeine Probe gestellt, der Schreck saß mir noch in den Gliedern. Sie versuchte nicht einmal sich zu wehren. Da reute sie mich. Ich packte sie an ihrem Weibsgesicht mit heißem dringlichem Griff beider Hände. In einem Zug fuhr ich ihr über Auge und Nase und Mund, als ob ich wieder wegwischen könnte, was ich da im Zorn mit ihr machte.
Sie rührte sich nicht, sie hielt die Augen geschlossen und lächelte mit unfaßbarem Ausdruck wie ein gestorbenes Kind, so voll Gehorsam und feindseliger Beharrung zugleich, daß es mich überlief. Ich wußte, der werde ich nicht Herr, das kränkte mich tief.
Ich steckte die Hände in die Taschen und nahm sie gleich wieder heraus. Ich trat am Trottoir herum, aber ich trat mir das Kalte, was meine Eigenliebe lähmte, nicht ab. Für einen lernenden Maurer war es zu hoch. Ich lehnte mich an den Zaun und fing nichts mehr an mit meinem Fräulein.
Plötzlich fing sie zu beichten an und fragte, ob ich mir eine Zeit denken kann, wo sie immer schön heimging und keiner konnte ihr an. Ich sagte: »Nein, das kann ich nicht.« – »Siehst

du!« sagte mein Fräulein und war mir über. Sie versuchte mir zu erzählen, wie alles kam. Dabei atmete sie schnell und so von oben weg, als hätte sie es auf der Lunge, auch die Worte redete sie immer schnell aneinander vorbei, als ob das, was sie momentan sagt, nicht das Wesentliche wäre, aber zum Wesentlichen kommt sie dann gleich. Ich wurde nicht schlau daraus, aber ich wollte auch nichts verpassen. Gerade als ich anfing die Ohren zu spitzen, sagte mein Fräulein, eigentlich ist sie schon fertig, sagen kann man es doch nicht.
Soviel sah ich, sie ist durch den Ersten, auf den sie alles gesetzt hat, so nebenhinaus gekommen. Durch einen Mann, den sie nicht vergessen kann, bleibt sie für immer von mir geschieden.
Geschaut habe ich, das hat mir alles soviel gemacht, was mir da passiert in jungen Jahren. Bei der, dachte ich, hast du es halt doch nicht herausgerissen. Es übermannte mich wieder, ich wollte ja nicht von ihr lassen. Da war ich mit ihr Gesicht bei Gesicht und ich schnaufte meine Dummheit hinein in ihr Haar. »Schau,« habe ich ihr gesagt, »für mich bist du halt doch keine Schlechte.«
Da hat sie gehorcht und wohin gelacht, wo ich in der Richtung ungefähr war, aber sie war wie in einem ganz anderen Raum, da nahm sie mich nicht mit hinüber. Die Person hatte ihren Stempel schon weg. Ich hätte sie stehn lassen können, mir pressierte es nicht. Nun, ich hätte ganz gern was gelernt. Am ersten Abend wird alles zu einer Erfahrung, man spannt sich unwillkürlich auf mehr. Manchmal ging wer an uns vorbei und wenn es ein Weibsbild war, schaute sie her, aber der Mann schaute meistens weg.
Der Rückschlag, der mußte kommen. Ich starrte in den weiten Himmel hinauf, ich konnte ja doch nichts machen. Ich dachte an das, was mich morgen vielleicht reut, wenn ich es heut unterlasse. Ich stieß sie an und sagte trocken, es ist soweit ganz schön, aber das, worauf ich am meisten aus bin, aus dem ist soviel nicht geworden, ich muß schon darum bitten. Ich habe mich davon nicht abbringen lassen und sie in den Luitpoldpark geführt, wo wir über die niedrige Buchsbaumhecke stiegen. Hier wäre es schon gegangen. Ich stieß meine gewe-

sene Flamme an, da war sie mir störrisch. Sie hätte sagen können: »Hund dürrer, fall um, wenn du Zeit hast!« Aber nein, sie fand kein erlösendes Wort.

Inzwischen haben wir immer was singen gehört, das war halt gesungen, aber schön war es nicht. Dann sind die Burschen auf den freien Platz herausgekommen, gerade konnte ich mein Fräulein noch an der Hecke herunterreißen. Wir preßten uns eng an den Buchsbaum, damit sie uns nicht schnappen. Das waren mir schon die richtigen Brüder.

Ganz Junge waren darunter, die zum ersten Mal dabei sind und auf die daheim noch eine Tracht Prügel wartet. Die Jungen wurden ganz schön gesteuert. Sie wären nicht auf die Idee gekommen, ihre Lehrmeister kriegen sie noch heut in die Zange und nützen das hinterher aus. Bis jetzt waren sie bei der Sentimentalität angelangt. Mit starren Augen schrien sie ihre unverstandenen Lieder aus nackten wüsten Hälsen und verrieten sich keiner vor dem anderen.

Ich hätte ihnen sagen können, daß es nicht dabei blieb. Die Älteren hätten die Jungen, selbst wenn die wollten, nicht ungerupft wieder heimgehn lassen. Ich wußte Bescheid durch einen Kameraden vom Bau, auf dem Bau hat man uns vor der Luitpoldpark-Bande gewarnt. Mit einem mannbaren Rausch fing es an, ein gefährliches Laster wurde daraus und sogar Kriminelles, weil die Lehrmeister hinterher ihre Verführten erpreßten.

Die Älteren hatten die Jungen in einer Reihe untergefaßt und kommandierten. Die Jungen ließen sich führen wie die Geprellten. Die Zeit floß ihnen verworren dahin, Kälte kroch sie an. Mit Gröhlen übertäubten sie eine unklare Angst vor Schmach. Von allem dachten sie, es müsse so sein und hielten die eigene Haut hin.

Jetzt gingen sie dicht an uns vorbei mit schleifenden Schritten durch den Kies neben der Hecke. Sie waren sich lauter künftige Feinde. Wir zwei Braven stellten uns tot wie die Käfer und lagen im Gras. Ich hätte mich nicht gern aufspüren lassen von einer Bande, weil man da den Kürzeren zieht, alle sind gegen einen.

Sie waren glücklich vorüber, wir zwei Braven atmeten auf.

Mein Fräulein suchte mich am Arm mit einer Bewegung. Mit Bitterkeit hielt ich ihr vor, mit mir meint sie es auch nicht besser, als daß ich hingehn muß und mir da einen Anschluß suchen, wo ich ihn finde. Da hat mein Fräulein den Leib, der sie war, mit einer weiten Bewegung ins Gras hinein und wieder ins Gras geschleudert, soviel hat ihr das alles gemacht, wie es hart auf hart geht unter den Menschen. Zwischenhinein hat sie doch was versprochen und nackte Dinge gesagt aus blicklosem Gesicht. Das Haar wehte ihr in die Augen hinein wie eine Flut und gar nicht mehr ausgekannt hat sich mein Fräulein. Da war sie mir zum letzten Mal recht, ich habe mich hingeschoben und sie lange fixiert, bis sie mir klein wurde unter der Hand. Die Wolken waren über uns und unsere Blicke waren in uns.

Ich blieb noch sitzen und schaute den Platz an, denn hier hatte es sich ereignet. Inzwischen war ich schon kühl. Ich war in meinen Gefühlen schon ganz von ihr abgefallen. Der Bau wartete nicht, der Mann muß ja auch einmal schlafen. Die Bande konnte jederzeit wieder herkommen auf ihrer Streife, es war besser, ein halb schon schlafender Mann forderte da nichts heraus.

Ich sagte: »Junge, steh auf!« so war es jetzt. Ich mochte auch nicht so lang wie in dem Fall das Weib die Vergangenheit pflegen. Ohne ein Wort gingen wir quer durch die Wiesen den Arbeiterhäusern zu. Hier habe ich meine verflossene Flamme befremdet.

Denn wenn ich einen Menschen kennenlerne, sage ich, will ich von dem auch ein Andenken haben. Ich deutete es noch schonend an: »Fräulein, wann bekomme ich meinen goldenen Ring?« Mehr wurde da gar nicht verlangt, meine Verflossene wollte mich nicht verstehn, sie beschleunigte ihren Schritt.

Ich war so frei und zog ihre Hände schon selber suchend durch meine Finger. Aber mein Fräulein läßt ihre Ringe daheim, wenn sie Ausgang hat mit einem Bruder, wie ich bin. Gekränkt sagte ich: »Der Karl hat erst neulich von einer einen Ring bekommen.« Mein Fräulein gab mir nicht darauf an. Damit bestätigte sie meinen Verdacht, daß sie mir keinen Ring gibt.

Ich hatte noch was auf dem Herzen, mein Fräulein mußte wieder heran. Ob sie sich auch vor anderen zu mir bekennt und nicht Bitterkeit sich festsetzen läßt in meinem Herzen? »Gewiß,« sagte sie und gab mir hastig die Hand. Dann war meine Hand leer, ich wußte nicht, ob es gewiß ist.

Gustl ein Schwimmer und Retter

1. Kapitel

Dies ist der vierte Tag, seitdem Gustl Gillich, Tabakwarengillich, seinen eigenen Laden am Bitteren Stein aufgemacht hat.
Vergangen sind die drei bangen Tage, in denen keiner, der nicht wirklich mußte, über seine jungfräuliche Schwelle trat. Gustl Gillich steht hinter dem Ladentisch in seinem Sonntagsanzug mit weichen Knien. Hat er sich überschätzt? Ist die Lage nicht gut? Hat er sich beim Vertrag hereinlegen lassen? Fünfzehn Schritte von ihm entfernt tobt der Verkehr. Das kann doch nicht wie abgeschnitten sein.
Sie kennen sein Gesicht, jawohl. Sie kennen ihn als den langjährigen Fachmann in der Tabakwarenbranche. Es ist nicht der erste Laden, den er aufgezogen hat in der Stadt. Er hatte schon einmal das Glück in der Donaustraße, eine Goldgrube schien es zu werden. Den Laden dort nahmen ihm seine Eltern ab, als der Laden lief, und er mußte es dulden als der Sohn, der das Geld von ihnen hatte. Er würde den Laden doch einmal bekommen.
Aber jetzt war er zum Mann erwacht und wollte nicht mehr darauf warten, bis sie gestorben waren.
Und sie waren keine Unmenschen, sie drückten ihm einen Schwung Geld und die Ware in die Hand, damit er sich ein zweites Mal selbständig machte.
Man darf nicht verlangen, daß die Leute nach drei Tagen einen neuen Laden mit Gewalt auskaufen wollen. Aber sie sollen ihn auch nicht schneiden. Vielleicht ist gar keine böse Absicht dabei. Was läßt sich von der entmilitarisierten Stadt mit nur neunundzwanzigtausend Einwohnern und zehn Prozent Arbeitslosen anders erwarten? Dreitausend Köpfe haben kein Einkommen.
Dann sind es die Arbeitslosen, die Gustl Gillichs, des Schwimmphänomens, Knie so weich machen?
Nicht nur diese. Die Menschen sind ja Steine.

Gustls Knie sind hinter dem Ladentisch versteckt. Sichtbar ist nur die obere Gegend des Sonntagsanzugs und auf dem kleinen eisernen Kopf sein rechtschaffenes Lächeln. Gustl lächelt rechtschaffen von sieben Uhr morgens bis sieben Uhr abends und steht dabei auf ein und demselben Fleck vor atemloser Erwartung. Er ist übertrieben bereit zum Empfang.

Sind die Menschen denn wahnsinnig, daß sie nicht hereindrängen, um sich anlächeln zu lassen? Für jeden einzeln würde er sich ja zerreißen. Besitzen sie die Schamlosigkeit überhaupt nicht einzutreten, nicht einmal mit dem Fuß?

Dann wird ihnen zur Strafe entgehn, wie Schwimmgustl in seinem Käfig steht wie angenagelt, sich gar nicht mehr hinsetzt aus einer neuen Frömmigkeit für den Handel und Wandel.

Diese Ehrerbietung vor dem abwesenden, ja vor dem imaginären Kunden ist die letzte Errungenschaft von Gustl und dazu gemacht, um Steine zu erweichen. Mag denn sein Eifer hinausstrahlen ins All, in dem nichts verlorengeht.

Oder ist es notwendig, daß er den menschenleeren Laden schon um sieben Uhr in der Früh für den säumigen Kunden bereithält?

Alles ist notwendig. Die Menschen sind Knechte auf Erden.

Vielleicht geht ein einziger vorbei und entdeckt, daß man hier früher fleißig ist als in den anderen Geschäften, und das Herz lacht ihm im Leib, er nimmt seine Zigaretten gleich hier mit. Kleinigkeiten können den Fremdling zum süchtigen Kunden erziehn.

Also strahlt Gustl seinen Willen hinaus, die magischen Wellen, fortgesetzt gibt er Kraft weg. Aber bis jetzt ist diese Kraft noch nicht wie ein Bumerang in seine Hand zurückgekehrt, sie ließ sich nicht wieder fangen. Was soll nun diese Verstocktheit heißen?

Ja, was hat man von all den blinden Ausstrahlungen? Spott und Niedertracht, die bis in die leibeigene Familie dringen. Man stößt ihn ja ab wie ein unnützes Glied.

»Seit drei Tagen bist du selbständig, mein Sohn,« sagt die Mutter herbe, »bist du schon Millionär geworden?«

Durchaus nicht Millionär, es lag kein Anlaß vor zu diesem Verdacht.

»Aber einen Laden mußt du haben,« spottet die Mutter, »der so vornehm und so abgeschlossen ist wie eine Apotheke. In deinen Laden sieht man von außen überhaupt nicht hinein. Das wollen die Menschen nicht. Sie wollen einen anderen arbeiten sehn, wenn sie draußen vorbeigehn.«
So spitzfindig mag nun Gustl wieder nicht sein.
Ist denn seine Auslage für gar niemand mit edlem Holz verkleidet und mit Glas, das nicht spiegelt?
Das Holz, wird behauptet, und das nicht spiegelnde Glas machen im Laden unnötig finster.
Nun, dafür brennt man Licht. Soll ein Kunde auf die Idee kommen, daß der Ladenbesitzer am Licht sparen muß? Welcher Unsinn!
Sind die Wände für gar niemand mit dem Schwedenstoff bespannt in den abgestuften und lichten Farben? Das sollte doch alles dem Kunden dienen. Man möchte meinen, das muß den gediegenen Herrn, die gediegene Dame hereinziehn, bitte sehr, auf diesem Blau können eure Augen ruhn.
Die verruchte Doppeltür ist schuld daran.
In einen Laden muß man unmittelbar von der Straße hineinfallen, wie ist es hier? Man tritt durch die offene Haustür, man muß geradezu mit einer Winkeldrehung im Hausgang stehn, um mit suchender Hand die geschlossene Ladentür zu erreichen. Es ist nur ein Schritt, zugemutet wird er dem Kunden.
Die Menschen lernen das nicht auf einmal. Sie sind faul wie das Laster, wenn sie sich nicht beobachtet glauben.
Man hätte die verdammte Tür beim Vertrag viel stärker zur Sprache bringen, hätte darauf allein fünfzig Mark von der Miete abhandeln müssen.
Aber jetzt bewegt sich die Tür, sie gibt einen Spiegel.
Den dienstbaren Geist auf den Füßen des Windes sollen seine Anhänger in ihm erkennen!
»Guten Tag, was darfs sein, bitte?«
Es ist kein Anhänger. Der Friseur von nebenan will einen Fünfzigmarkschein wechseln.
»Oh, bitte! Hier werden soviel Fünfzigmarkscheine gewechselt, als da gebracht werden!«

Schwimmgustl zieht seine Kasse auf, die alte noch aus dem vorigen Laden. Er läßt sie absichtlich offen, daß man die Scheine und das Kleingeld nur so herausquellen sieht. Dem Friseur bleibt das Wort im Halse stecken.
Die Scheine sind geliehenes Gut von seiner Mutter. Geld in der Kasse zieht fremdes Geld herbei. Diesen Rat gab sie ihm in herber Treue. Sie meint es gut mit ihm, wenn sie auch streng ist.
Der Friseur ist wohlwollend gegen den jungen Mann, der in seiner Reichweite Geschäfte gründet. Der junge Mann wird genötigt sein, sich zweimal in der Woche bei ihm rasieren zu lassen.
»Das alles haben Sie heute schon eingenommen?«
Gustl ist wie der Allwissende in seiner Voraussicht, er denkt an seine Neider.
»Alles nicht,« sagt er bescheiden. »Ich muß auch Geld zum Wechseln haben.«
Er legt den Fünfzigmarkschein auf der Kasse sichtbar beiseite, bevor er dem Friseur auf dem blanken Teller das Silber hinzählt. Ihm kann nicht passieren, daß der Kunde im Gespräch den Schein an sich zieht samt dem Silber. Es gibt Personen, die das grundsätzlich versuchen.
Gustl hat keinen im Verdacht, er kann bloß keinen ausnehmen von der Vorsicht. Es gibt Kniffe, die ein für allemal überlegt sein müssen.
Der Friseur kauft keine Zigaretten. Er hat eine alte Quelle, die jetzt scharf auf ihn aufpaßt und die er nicht vor den Kopf stoßen will.
Gustl ist wieder allein, er wird richtiggehend schwach von der Schmach. Dann tappen kleine Hände an die Glasscheiben, davon gibt es häßliche Flecken. Einer von den Gassenbuben, welche die Elastizität des Neuen ausnützen und ihn um Greilingbildchen und leere Zigarrenkisten tyrannisieren.
Gustl weiß über die Bande aus dem letzten Laden Bescheid. Er muß den Abweisenden spielen, wenn sie nicht wie die Ameisen bei ihm ein und aus wimmeln wollen.
Das ist nicht die Sorte Kinder, der man die bunten Bildchen

verehrt, weil sie an der Hand des Erwachsenen wandelt. Das ist die taube Sorte, die ihren Tauschhandel unerkannt unter sich ausmacht. Jede Nachgiebigkeit gegen sie würde eine ewig verschwendete Handreichung bleiben.
Gustl ist kein solcher Tor. Er scheucht das Gewürm von der Straße ja nicht mit harten Worten weg, von Scheuchen ist keine Rede.
»Hier gibt es nichts zu verschenken,« sagt er frisch, »hier wird nur verkauft.« Zwischen seinen Augen erscheint eine drohende Falte, aber seine Worte drohen nicht, sie sind bloß ein für allemal klar.
Der Junge bleibt stehn, als hätte er Wurzeln geschlagen.
»Wenn du was für deinen Vater einkaufst,« sagt Gustl noch frischer, »kannst du jederzeit wiederkommen, es gibt Zigarren, Zigaretten.«
Es ist unglaublich, was man bei den Kindern für einen festen Blick braucht. Aber Gustl ist nicht so geschaffen, daß er sich nicht als Erwachsener und bekanntes Schwimmphänomen vor den Halbwüchsigen bewährt.
Der Junge nimmt ihn langsam ernst und verschwindet.
Jetzt ist eine unglaubliche Bewegtheit in den Laden gekommen. Schon nach wenig Minuten drängt sich ein junger Mann ohne Hut über die Schwelle, sie wird schon schmutzig, ein öffentlicher Ort.
Gustl erbleicht nicht. Er schluckt den Widerwillen hinunter über den familiären Ton, der jetzt von ihm verlangt wird.
Er sagt: »Guten Tag, Minze.«
»Draußen hat einer hingespuckt,« sagt Minze sofort, Minze, der vom Leben das Häßliche sieht.
Muß da nicht Gustl vor seinen Augen mit dem Lappen wandeln, um die Schaufensterscheibe makellos zu erhalten?
Minze ist der Sohn von Gustls Hausherrn. Sein Prestige erfordert, daß er drei Gelbe Sorte kauft. Eine zündet er sogleich an. Dafür brennt nun im vornehmen Anzünder den ganzen Tag die kleine blaue Flamme.
»Es wird zu kalt jetzt am Abend,« rückt Minze heraus. »Die Haustür muß geschlossen bleiben, damit die Wasserleitung hinten nicht einfriert.«

Gustl sträubt sich das Haar auf dem Kopf.
»Du meinst die Hoftür. Aber die Hoftür ist schon geschlossen.«
»Eben,« sagt Minze. »Und wenn die Haustür auch noch geschlossen wird, dann wird es im Gang nicht so kalt. Das ist ein großer Vorteil für das Haus.«
Da verliert Gustl denn doch seine Geschäftsgründermiene.
»Soll ich noch zusperren,« sagt er, »damit meine Kunden ganz ausgesperrt sind? Was? Zumachen? Nimmst du zweihundertunddreißig Mark für den kleinen verwinkelten Laden in der nicht einmal so günstigen Lage, wenn du eine abgesperrte Wohnung daraus machen willst? Du siehst doch, daß keine Seele sich auf dieser Straßenseite ergeht. Alle treten sich am jenseitigen Trottoir die Füße ab, und du unterstehst dich, das eine Lage zu nennen, wo wir wissen, daß die Menschen Gewohnheitstiere sind, trotzdem drei der stärksten Lampen in meinem Fenster erstrahlen. Was zumachen? Gleich ganz aushängen werde ich deine verrückte Tür.«
Minze war ein Schulkamerad, durchaus nicht sein liebster, darum muß Gustl keine Umstände machen. Er darf ihm Sätze mit einem Rufezeichen an den Kopf werfen.
Aber Minze ist auch der Sohn seines Haus- und Ladenvaters. Darum kann er ihn nicht laut einen Auswurf der Menschheit nennen.
Es ist keine Kleinigkeit für den Ladenmieter, den richtigen Ton zu treffen.
Minze von der Gegenseite schweigt.
Er hat nichts Erhebendes an sich, wie er seine Gelbe Sorte raucht. Er läßt auch nicht in sich hineinsehn. Weiß Gott, vielleicht hat er wegen der Tür nicht einmal die Ermächtigung von seinem Vater. Vielleicht muß er bloß hier im Vorbeigehn seine Berufung zum blutsaugenden unter den Tieren erfüllen.
Vielleicht hat er insgeheim doch die Ermächtigung, darf es aber nicht durchblicken lassen.
Minze ist unergründlich.
Von allen in der Klasse war er mir am unangenehmsten, denkt Gustl. Ausgerechnet der muß mein Hausherr werden.

»Im Vertrag steht nichts davon, daß die Haustür offenbleiben muß,« sagt Minze. »Das hast du vergessen hineinzusetzen.«
Gustl wird es schwarz vor den Augen, er kann sich nicht ausdrücken.
Gustl sagt: »Sei du kein Idiot.«
Er will sich im Ton nicht vergreifen.
»Wenn die Haustür geschlossen wird, ist dein sogenannter Laden kein Laden mehr. Dann darfst du nur Wohnungsmiete verlangen und ich werde sie einklagen.«
Worauf Minze geheimnisvoll wird und verschwindet.
Er macht die Haustür nicht zu hinter sich, er hat noch soviel Verstand, um das zu unterlassen.
Die erste Häßlichkeit und Gewalt zwischen den Vertragspartnern ist abgeprallt an Gustl.
Es ist keine Kleinigkeit für Minze, er geht dahin und krankt an der Leere.
Mit den früheren Mietern hat seine Familie prozessiert. Sie hat sich daran gewöhnt, den Geist der Unbotmäßigkeit und Widerspenstigkeit in dem kleinen Laden zu suchen. Sie hat es noch nicht erfaßt, daß auf die Periode der Verfeindung und der Schikanen eine Periode der Nachsicht folgen muß oder sie gerät in Verruf.
War es nicht fast leichter zu tragen, als man noch nach Laune verbieten und sich gehn lassen konnte?
Dafür zahlt der junge Gillich hundert Mark mehr wie der letzte, so was bändigt die Feindschaft und geht ins Gemüt.
Ein Herr mit Mappe fällt beim jungen Gillich hinein, er begehrt eine Zigarre von Loeser und Wolff. Er muß fremd sein, Gustl kennt ihn nicht vom Sehn.
Die fremden Blicke wandern von der Wandbespannung zum gußeisernen Köpfchen des beliebten Schwimmers. Er denkt, die Bespannung ist nicht in dem Kopf gewachsen.
»Die Zigarre ist ja feucht,« sagt er plötzlich. »Die Zigarre war nicht fachmännisch gelagert.«
Gustl möchte in den Erdboden versinken.
Er weiß besser als der fremde Herr, daß eine Sendung Zigarren angezogen hat, als sie bei der großen Übersiedlung

vorübergehend im Hausgang der Eltern stand. In dem Gang zieht es wie in einem Kamin.
»Stellt mir die Zigarren bloß nicht auf den Gang,« hat er gesagt, »ich bin gleich wieder zurück.« Er kann sich auch nicht zerreißen.
Ach, er hatte seine Augen nicht dort, das Ergebnis lag hier.
Die Kisten stehen im Weg herum, die Mutter wünscht dem Sohn alles Gute für seinen Aufstieg, nur einengen läßt sie sich nicht.
»Hinaus mit den Zigarren,« kommandiert die Mutter. »Die stehn mir da draußen gut.«
Gustl hätte am liebsten geheult, als er zurückkam, so unnötig erschwert man ihm sein Leben.
Jetzt heizt er im Hinterraum, um die Zigarren in Form zu bringen. Er muß direkt froh sein, wenn solang keiner kommt, der was vom Rauchen versteht.
Gustl hat keine Ladenuhr, er darf nicht über die Zeit offen lassen, seine Neider sehen ihm auf die Finger.
Er fegt auf der Straße, wo das Friseurbecken klappert, bis zur nächsten Uhr. Fünf Minuten nach sieben. Beinahe verpaßt. Er muß sich doch noch vom Uhrmacher drüben eine genehmigen und ihn zur Kundschaft auf ewig verpflichten.
Gustl schließt seinen Laden. Er lehnt die Haustüre an und löscht die Beleuchtung seiner Auslage bis auf die mittlere Lampe. Mehr kann er nicht dafür tun. Er muß sich noch privat in seinem Laden aufhalten und auf jemand warten.
Zwei Schupos stecken den Kopf herein. »Hier ist doch Licht,« sagt der eine.
»Ich werde wohl nicht im Finstern abrechnen müssen,« pariert ihm Gustl.
Nun kann er der Landespolizei gleich erklären, wie das aussieht, wenn sein Laden geschlossen ist. Die Landespolizei kann darin keinen hermetischen Verschluß erblicken.
»Die Haustür muß zugesperrt sein,« sagt sie.
»Wo steht das aufgeschrieben, daß Häuser um sieben Uhr zugesperrt sein müssen? Habt ihr vielleicht einen bei mir getroffen, der kauft?«
Nein, das haben sie nicht.

Die Landespolizei ist umgänglich gegen Gustl, sie kennt ihn vom Schwimmen. Aber auf ihr lastet die Verantwortung und der Dienst.
Darf Gustl sagen: »Rauchen wir alle zusammen eine Zigarette?« Das darf er nicht, wenn sie im Dienst sind.
»Mach keine Dummheiten, dann müssen wir dich nicht fassen,« sagen sie ihm.
Gustl legt sich das so aus, daß er es nicht auffällig machen darf.
»Der Rih will wissen, ob du heut am Plan bist,« rufen sie im Weggehn.
Der Plan ist das Sportgelände seines Vereins.
Am Plan? Es ist Freitag, doch Gustl steht der Magen nicht nach einem Training.
Er weiß eine, die schuld ist daran, daß er nicht mehr regelmäßig auf den Plan geht. Sie heißt Frieda Geier und hat einen Mantel wie diesen, auf den seine Augen fallen.

2. Kapitel

»Onkel Grausam!« sagt Frieda bloß und bleibt in einiger Entfernung von ihm stehn, die Hände in ihren unmenschlich langen Herrenmantel vergraben.
»Laß doch die Tür nach dem Hinterraum nicht so halboffen stehn. Die Kisten dahinten sehn ja schauerlich aus.«
Onkel Grausam oder Gustl schließt hocherfreut die Tür und verkündet: »Ich bekomme für die Kisten noch eine Stellage.«
Aber »Onkel Grausam« heißt: der Teufel soll mich holen, wenn ich ohne dich sein kann.
»Laß dich ansehn,« sagt Frieda. »Dein Haar sieht wieder aus, als hätten die Mäuse es abgebissen.«
Der beliebte Krauler glänzt über das ganze Gesicht, als hätte sie ihn gestreichelt.
»Die Farben werden mir doch nicht nachlassen,« sagt Gustl und macht Konversation über seine Wand, weil ja Frieda sie ausgesucht hat.
»Es ist Indanthren,« sagt Frieda großartig.

Dann wird es ein Schweigen.
Frieda will nicht länger hier drinnen stehn. Das sieht ja aus, als ob sie sich ein Rendezvous in seinem Laden geben.
»Geben wir uns denn kein Rendezvous?« fragt Gustl schlicht.
Treu ist der Gustl, das muß man sagen!
»Aber doch nicht in deinem Laden. Ich begreife nicht, daß du nicht den Unterschied siehst.«
Gustl seufzt und lernt den Unterschied sehn. Er beschließt auf den Wall zu gehn. Er birgt das Geld an seiner Brust in einer strammen ledernen Katze. Bevor er absperrt, schaltet er in seiner Auslage für die Nachtgänger die große Beleuchtung ein.
Sie gehn durch eine patrizische Wohnstraße mit zackigen Giebeln, die hinter dem ehemaligen Kaufhaus Ponschab geschäftlich tot ist.
Die altroten Türme der Oberen Stadtpfarrkirche zur Schönen Unser lieben Frau stehn wie abgebunden unter metallischen Zwiebelhauben.
Die Kirche wurde von Ludwig dem Gebarteten, als ihn sein Sohn noch nicht gefangenhielt, zur Buße für seine Sünden erbaut. Die junge Schwester hatte er stützen sollen am französischen Hof, wo sie mit dem wahnsinnigen König verheiratet war. Sie tanzte auf Feuer am Hof, sie schlief nur noch in Angst. Dem Bruder gab sie Schätze mit, daß er sie über die Grenze in Sicherheit brachte, ein Goldenes Rössel darunter. Einmal in Bayern gab der stolze Bruder die Schätze nie wieder her.
Die Böse Isabeau, er hatte sie ganz schön ausgezogen.
Etwas stimmte nicht mit der Familie. Sie handelte unter Zwängen.
Die Türme waren noch einmal so hoch geplant, als man sie kappte, weil der Gebartete in seinem Gefängnis inzwischen gestorben war. Seine Nachfolger hatten nicht sein schlechtes Gewissen. Seitdem mußte die Kirche, die in den Himmel hinaufreißen sollte, als riesige Henne über den Schützlingen kauern.
Geheimnis und Amerika liegen dicht nebeneinander.

Links gegenüber ist der Würfel der alten Post mit dem flachen Dach so giftig gelb angestrichen, daß der tägliche Himmel darüber bleiern aussieht.
»So muß es in Amerika sein,« meint wenigstens Frieda.
Hinter dem Kreuztor bleiben sie auf der Straße, die kerzengerade zum Friedhof führt, stehn.
»Links schwenkt ab nach dem Wall,« kommandiert Gustl verhalten.
Der schwarze Stadtwall mit seinen Bänken liegt nicht so schlafend da, wie man von unten annehmen möchte.
»Besetzt,« spricht Gustl, wenn er von der nächsten Bank das Zigarettenpünktchen glimmen sieht.
Frieda und Gustl schlagen den Kragen hoch. Es gibt weibliche Wesen, die auch im Liebesspiel den Dingen der Welt genügend offenbleiben, um die späten Spaziergänger vom Sehn zu erkennen.
Spät heißt hier soviel, daß schon das Gebetläuten vorbei ist.
»Drüben wird es einsamer,« hofft Gustl und überschreitet auf der einzigen Holzbrücke den mit schwarzem Wasser gefüllten Festungsgraben.
In der Mitte besagt eine Tafel, daß die Brücke dann und dann errichtet wurde von Pionieren aus Küstrin, das ist noch gar nicht so lange her.
Gustl hat bei der Tafel seine eigenen Gedanken, er stößt Frieda an.
Drüben weiß er neben dem Wasser einen vom Hauptweg abgezweigten kurzen Laubenweg mit zwei Bänken.
Gustl hat Glück, die erste Bank wird soeben frei. Er kann Frieda veranlassen sich doch ein wenig zu setzen.
Frieda verändert den Kragen wieder. Sie hat einen abwesenden Blick, als ob sie nach innen horchte. Das Gezweig der Büsche, durch das die Sterne wie Scherben stechen, stürzt über ihre Köpfe weg nach dem Wasser hinunter wie eine umgestülpte Wiege.
Tiefer im Rücken haben sie den Windgesang der hohen Bäume.
Seitlich schwingt die Wiese abschüssig hinab, auf der im

Frühjahr erste Krokusse blühn, und dann will bis zum Herbst der nach Farben gestufte Blumenwechsel nicht abreißen. Der Stadtgärtner gibt sich viel Mühe mit der freien Wiese.

Von Zeit zu Zeit hört man unten einen Fall ins Wasser und zorniges Plätschern.

»Das sind die Ratten,« sagt Gustl.

Seine Finger sind kurz und derb und riechen nach Tabak, sie nehmen was Leichtes an, als er ihre Hand faßt. Seine Miene verklärt sich zusehends, er wirft sogar die halb angerauchte Zigarette weg. Gleich wird er anfangen zu schweben.

Frieda sieht nicht danach aus, als ob sie schwebte. Was ist heute mit Frieda?

Wenn sie sitzt, steht ihr Mantel in einem Spalt auf, die Kälte zieht ihr an die Beine. Frieda steht noch einmal auf und wickelt sich den langen Mantel eng um die Waden, sie darf sich nicht bewegen.

Soll das nun das Liebesleben von Gustl im Februar sein?

»Du mußt mich verstehen,« sagt Frieda.

Gustl versteht alles an ihr. Es ist keine Kleinigkeit, um die Jahreszeit stundenlang im Freien zu sitzen, bloß um seine werte Gesellschaft zu teilen.

Gustl ist abgehärtet, bei ihm ist das anders. Im März wird er das Eis aufhacken, der Irre, damit er im Winterwasser eine Schau geben kann, er verlangt keinen Eintritt dafür. Er schnellt sich im Nassen wie ein Fisch, wenn andere Uferbewohner nach Luft schnappen vor Kälte. Krebsrot steigt er vor ihren staunenden Augen heraus, höhnt ihnen ins Gesicht mit der nackten Haut.

Er ist nicht wie die Jugendlichen verpimpelt. Mit Willen hat er seinen Körper gefühllos gemacht.

So gewalttätig darf er mit Frieda nicht umgehn, das weiß er.

»Hast du doch feste Schuhe an?« fragt er besorgt.

Frieda: »Die langen.«

Gustl: »Kein Mensch weiß, warum du dir die gekauft hast. Das sind doch Schuhe für einen Herrn.«

»Das verstehst du wieder nicht, die kommen jetzt auf. In der Großstadt hat man sie schon.«

»Ja,« sagt Gustl. »Aber sieht es nicht aus, als ob du sogleich darin Shimmy tanzen müßtest?«
Die gejagte Frieda schlägt einen Haken: »Wer sieht mich denn hier damit?«
Ho! Das dürfte sie nicht in den Mund nehmen, daß sie hier niemand Wichtiger sieht. Sie gerät sonst in den Verdacht, daß sie an keinem Menschen in der Stadt wahnsinnig hängt.
»So darfst du das nicht auffassen,« sagt Frieda.
»Von dir weiß ich, daß ich dir was bin, ganz gleich, was ich anhabe.«
Über Schwimmgustls Gesicht läuft eine Stärke und ein Schein. Da hatte sie nun in einem einfachen Gleichnis von seiner wahren Liebe gesprochen. Darauf muß er sofort eine Zigarette anzünden, er kann es nicht lassen.
Das waren feste Verhältnisse, als der holde Irrsinn seinen Anfang nahm, der reine Hagestolz war er gewesen. Er hatte die Weiber abgeschrieben zu den Jahreszeiten, wenn ein Schwimmwasser war, ein langes Wasser fürs Training, bei dem man seine achttausend Meter drinbleiben kann.
Hätte die Stadt ein Hallenbad gehabt, taten ihm die Weiber auch im Winter nicht viel, höchstens legte er sie einmal kurz in den Schnee. Keine konnte sich bei ihm halten.
Dann hatte es ihn doch erwischt.
Frieda kann mit dem Fuß auf eine bestimmte Stelle am Ufer treten und sagen, hier lernten wir uns kennen. Der Holzsteg, der schon vom Regen eisengrau dasteht, wurde damals gebaut. Wir schauten zu zwischen zehn und elf Uhr nachts. Du strittest mit dem jungen Pionier, der den Scheinwerfer bediente und der sich in den Pausen vor uns auf die Kiste setzte.
So genau kann Frieda alles sagen.
Im Anfang war Gustl gar nicht so wild darauf und hatte von sich gestoßen, woran er hinterher sich verlor.
Er freut sich heut noch darüber, daß er sich nicht kopfüber ergab.
Er hatte hingelangt in seinem Vorwitz und war sich bei seinem Tun über die Tragkraft nicht klar. Es würde werden wie immer. Da hatte die lange Hand nach ihm gegriffen und

hatte ihn eisern gefischt. In den Sternen stand es geschrieben. Wer war denn nun eigentlich wild?
Frieda gewiß nicht.

3. Kapitel

Kopfüber war anders und so fing die Liebe an:
Ein Mann tritt nahe an das Ufer heran und sieht den Pionieren zu. Sein Haar steht aufrecht über der niederen Stirn wie ein geschorener Teppich. Eine sonderbare Düsternis spreitet sich in seinen Zügen, der männliche Ernst.
Er verwickelt den Pionier, der vor ihm auf der Kiste sitzt, in ein Dauergespräch.
Man hat bei einer Flußübung einen Soldaten, der mit dem Fuß im Ankertau hängenblieb, elend versaufen lassen. Der schwere Anker hatte ihn in die Tiefe gerissen und selber konnte er sich nicht befrein. Der Mann weiß es von einem, der Augenzeuge war.
Der Pionier auf der Kiste kann gegen die kochende Volksseele nichts unternehmen.
»Befehl ist Befehl,« sagt er knapp. »Der Wellengang war zu stark. Man hätte nur die anderen Menschenleben gefährdet.«
»Wo es eine Kleinigkeit war ihn zu retten,« schimpft unser Mann weiter. »Ihr brauchtet ihn nicht einmal zu suchen. Ihr konntet euch auf dem kürzesten Weg am gespannten Seil zu ihm hinunterziehn. Statt dessen kappt ihr das Seil.«
Das hat er schon dreimal gesagt, alle Umstehenden haben es zur Genüge gehört, immer wieder kommt er darauf zurück.
Der Mann bleibt auch auf dem engen Boden seiner vorgefaßten Meinungen kleben, denkt ein Fräulein nebenan. Er kommt davon nicht los.
Das Fräulein hat den ganzen Abend noch kein Wort gesagt. Die Soldaten haben keine Annäherungsversuche an sie gemacht. Ihre Blicke sind nicht weiblich. Sie wandern von einem zum anderen, ungerührt.
Was hat sie für eine Absicht? Kann es das geben, daß ein

weibliches Wesen hier stundenlang aushält, bloß um seine Beobachtungen zu machen?

Sie trägt eine schwarze Lederjacke und abgeschnittenes Haar.

Der Mann dünkt sich berufen von Ertrunkenen zu sprechen, es stellt sich mittlerweile heraus. Das kann sein Begleiter für ihn erklären.

Der Mann hat bereits sechzehn Personen vom Ertrinken errettet. Er ist ein Schwimmer und Retter.

Es ist der bekannte Krauler, den sein Verein in entfernte Städte entsendet. Erst neulich war wieder was in der Zeitung.

Ist das Messer der Erkenntnis durch die Luft gefallen? Hat es geschnitten?

Das Fräulein schickt einen flüchtigen Blick nach ihm hin, dann blickt sie vorsätzlich weg. Nichts mehr von Messern. Hartnäckige Bosheit.

Nun hat der Gillich sechzehn Personen das Leben gerettet und erwartet von sich, daß er ein Draufgänger ist. Was kann passieren, wenn er sie anspricht?

»Fräulein,« sagt er gaumig rauh. »Wenn Sie sich dafür interessieren, nehme ich Sie in meinen Kahn; wir fahren auf dem Wasser dicht an die Arbeit heran.«

Ist das nicht die reinste Prostitution von keimenden Wünschen? Seht, wie die Umstehenden aufhorchen und mit den Blicken an dem Fräulein zerren! Er hat sie ja aus stundenlanger Nichbeachtung heraus geradezu überfallen.

Was wird sie tun?

Das Fräulein macht es ganz unverfänglich.

»Nicht schlecht! Wen nehmen Sie außer mir mit?«

Als sei sie ohne einen Dritten überhaupt nicht bereit.

Lebt er in einem Wachtraum? Kann die bloße Wißbegierde sich so radikal benehmen? Noch nie gab die Frau dem Mann so unverhüllt zu verstehn, daß er für sie das Mittel zu einem anderen Zweck war.

»Gehn wir,« sagt er beleidigt.

Sie schreiten zu dritt das nächtige Ufer entlang in der Richtung Plan.

»Wartet hier,« sagt der Mann an der offenen Schwärze einer Lichtung. »Ich muß das Boot erst holen. Ich schwimme hinunter.«
Der Begleiter ergeht sich inzwischen mit dem Fräulein in einiger Entfernung.
Ist er auch einer vom Plan?
Gewiß, wenn auch keine Größe. Die Kameraden nennen ihn Raupe.
Sie geht da mit einem Fremden im Finstern, sie möchte nicht lang mit ihm gehn. Sie hat sich sein Gesicht gut angesehn, solang es noch im Licht war. Alle Näherstehenden kamen unter die Hechel ihrer Blicke. Er ist ein langer lederner Lulatsch. Die wüste Schrift der Verlebtheit steht auf seinem Gesicht; ohne sie wäre es noch lederner. Aber sie kann die Leere nicht ganz verwischen; sie hat ihre Bestimmung schlecht erfüllt. Nicht einmal das unstete Leben konnte die innere Langeweile vertilgen bei diesem Menschen.
Er unterhält ein vorsichtiges Gespräch mit dem Fräulein, das nicht genannt sein will. Er betrachtet sie nicht als sein Revier. Dann treibt ihn ein Satan.
»Wir können wieder hinuntergehn,« sagt er und führt sie dicht an die Anlegestelle am Wasser. Man hört schon ein Plätschern. Das Boot kommt.
Nun entsteht eine seltsame Lautlosigkeit.
Der Mann im Boot hält inne und wartet. Das Fräulein, das etwas kurzsichtig ist, denkt wohl, das muß so sein. Sie kommt nicht entfernt auf die Idee, jetzt müsse sie sich ein wenig entfernen.
Die Stockung, was auch die Ursache war, ist schon überwunden. Denn jetzt treibt das Boot unter machtvollen Schlägen dicht an das Ufer heran.
»Hast du doch eine Badehose angezogen?« ruft in einer plötzlichen Eingebung Raupe und reinigt sein Gewissen.
»Nein,« sagt der Mann im Boot verstockt.
Da wollte wohl Raupe so ganz von ungefähr die Rolle der Schlange spielen?
Der nackte Mann tritt mit einem Satz auf das Land herüber, und das Fräulein will vielleicht, nachdem es zu spät ist, keine halben Sachen unternehmen. Da steht sie am Ufer und blickt

in sich hinein. Das ist alles, was sie zum Augenblick beitragen kann.
Der Mann findet die Großartigkeit, mit der sie ihn überhaupt nicht ansieht, übertrieben.
Warum zum Henker bleibt sie denn dann noch stehn und läßt einen sein Hemd nicht in Ruhe anziehn? Worauf wird sie schon aus sein, wenn sie stehnbleibt wie angenagelt?
Ach, das Fräulein ist bloß eigensinnig geworden, als es die Niedertracht von Raupe erkannte. Sie hätte einen Eisenbahnzug über sich wegfahren lassen, ohne sich von der Stelle zu rühren.
Raupe hat sich diskret zurückgezogen. Das wirkt auf den Mann wie ein Signal. Er läßt sein Hemd, das er bereits erfaßt hat, auf den Kleiderhaufen zurücksinken und tritt noch dampfend vom Wasser zur Umarmung an sie heran. Er ist wie Tau, mit lebendigen Pulsen haftend und fleischlich.
»Sie ziehn sich augenblicklich an,« sagt das Fräulein in einem Ton, daß der Mann den Ernst spürt und knatternd in seine Kleider fährt.
In der Lichtung wird kein Wort mehr gesprochen.
Jetzt kennt er sich überhaupt nicht mehr aus mit der Frau.
Hat sie nicht einen gottverlassenen Stolz an sich, als sage sie, wann ich verführt werde, das bestimme ich allein? Dazu muß sie sich aber dann einen anderen suchen. Die Welt wird nicht länger bestehn, wenn solche selbständige Gesinnung sich unter den Frauen verbreitet.
Raupe, das Kamel hat sich ausgerechnet entfernen müssen.
Raupe, das Kamel, ist bereits informiert und schon wieder zurück. Er ist wohl unmittelbar nebenan im Gebüsch gestanden, um so schlimmer. Der Mann wird sich ihm nicht übermäßig dankbar dafür erzeigen, daß er die böse Gelegenheit herbeigeführt hat.
»Sollen wir überhaupt noch fahren?« fragt er das Fräulein kurz und gebeugt von seiner Niederlage.
Nicht mehr mit ihr. Sie kann sich nicht auf ihn verlassen.
Dann verschwinde, Satan!
Geknickt schaut er ihr nach, wie sie sich über die Lichtung verliert. Er hat sich geärgert, das ist wahr. Er kann nicht einmal pinkeln.

Die Gans bildet sich hoffentlich nicht ein, daß er an ihr ein spezielles Interesse nahm. Da müßte er sie nämlich enttäuschen. Sie war der bloße Vorwand für ihn, um unauffällig die Gegend auszukundschaften, nicht wahr, Raupe?

4. Kapitel

Für Vereinszwecke war er als ein gerissener Kundschafter da. Er wartet, bis sich die Pioniere entfernen. Sein Zweck gilt dem Brückenholz, das am Uferrand liegt und das in der Nacht nicht bewacht wird. Das Holz war schon gestern nacht nicht bewacht. Nur waren sie da noch nicht vorbereitet.

Das werte Holz war bloß gesichert durch sein Gewicht. Als wäre für starke Männer da nichts zu machen.

Schwimmgustl macht sich ganz ohne Reue stark. Er greift seinem hungrigen Verein unter den Arm, da hat der gute Zweck ihn im voraus schon gereinigt. Er tut es für seinen Popanz, den Sport.

Auch er hat organisieren gelernt im Vierzehnerkrieg. »Schaut das Buberl!« haben sie bei seinem Abmarsch gerufen, so kindisch schaute er unter seinem Helm vor und so keck. Aber das Buberl hat schon gar viel tun müssen beim Militär und schon gar früh. Das haben sie jetzt davon. Beim Militär weiß sich einer zu helfen.

Nur seine Spezln durfte er zu Mitwissern machen.

Der seltsame Dieb stiehlt einen Haufen freiwillige Arbeit, die für ihn daraus entsteht, für die Kameraden genau so, uneigennützige Überstunden auf lange Wochen hinaus, alles für einen Verein, der es nicht dankt und der sich nichts denkt.

Schwimmgustl wird schuften müssen, er wird vom Fleisch fallen für sein Idol. Die Spezln müssen es leiden mit ihm. So müssen eben alle was stiften.

Anders können sie es nicht machen. Der halbverfaulte Steg bricht ihnen ja vom bloßen Fußabdruck schon zusammen. Jedes einzelne Brett wird zum tückisch schnappenden Maul, die Glieder bleiben einem schon nicht mehr heil in dem Maul, knack macht es, so ein dummer Fuß ist gleich gebrochen.

An Schwimmgustl wird es nicht liegen und Schwimmgustl soll es nicht reun. Dann soll es auch die Wehrmacht nicht reun. Die Stadt, die das Holz zahlen muß, soll es nicht reun. Die werden dann schon miteinander fertig.

Dann haut es doch einmal hin. Junge Menschen ohne Scheuklappen machen das eben hinten herum und ganz ohne den Stadtrat, der ja doch nur die Hand auf der Tasche hält, wenn man was von ihm braucht.

Schwimmgustl hat seine Augen überall gehabt, damit es schnell geht in der Nacht. Kommt der ganze Stoß doch nicht ins Rollen, wenn man daran zieht, schlägt einem zum Dank noch das Kreuz ab? Kommen drei Männer damit zurecht? Müssen es vier sein? Sie dürfen keine Kunststücke machen. Stamm nach Stamm müssen sie sauber ins Wasser heben, dann Fischlein, schwimm! Oder laß dich stoßen, bist du kein Fisch.

Und wohin mit dem Holz, wenn sie es haben? Das Holz wird man suchen. Die Stämme sind gezeichnet wie Vieh. Jeder Balken ist für sich allein ein Beweis. Man birgt es an der Mauer im tiefen Wasser, der Steg wirft seinen Schatten darüber. Nach und nach holen sie es dann zum Wegarbeiten herauf.

In der Nacht gleiten vorsichtige Schwimmer durch den Künettegraben, schieben sich lautlos an die Baustelle heran. Sie sehen das bleiche Gerüst von unten herauf.

Die halbfertige Brücke hält wie ein Skelett einen anklagenden Arm in die Luft, noch einen Arm und mehr, hat das Auge sich erst gewöhnt. Es ist eine gen Himmel ringende Gesellschaft.

Vom Himmel weint ein rinnender Regen auf die Sünde herunter. Die jungen Menschen machen sich nichts daraus.

Der Regen ist für die verlassene Gegend gut, für die Balken nicht gut, sie schlüpfen zu glatt in der Hand, ein Glück, daß es nicht auf den Fuß geht.

Sie fluchen und werden lauter, als sich mit der heimlichen Arbeit verträgt. Dafür haben sie im Busch einen jungen Aufpasser versteckt, der den Fußweg hinauf und hinunter die Ohren langmacht, als könne er damit werfen.

Keine lausige Seele ist um den Weg, es regnet um die nacht-

schlafende Zeit, von der Donau her, vom Friedhof naht keiner. Jenseits vom Wassergraben kommt erst der schallschluckende Wall, dann ist es bis zur alten Stadtmauer weit, wo hinter Kummerlöchern die nächsten Anwohner schlafen.
Jeder sucht sich den Balken aus, den er meint. Sie lassen der Wehrmacht schon noch was zurück, daß sie nicht weint. Jetzt sind sie im Wasser.
Wachsam stoßen die Männer ihr bockiges Lebewesen vor der Brust. Der Balken lebt und will aus dem Griff, er sucht sich tückisch zu drehn. Der Balken hilft zum Militär, man darf ihn nicht lassen.
Geschmeidig schlägt das schwarze Wasser zusammen hinter dem Holz und hinter dem Mann, schüttet unsichtbarmachende Tinte darüber. Das Wasser überführt seinen Mann nicht, behält nicht die Spur, nicht den Geruch.
Hilfreich trägt es organisierte Lasten zum Plan, der alles Holz verdrücken muß so nach und nach. Wahnsinnige riskieren es eben.
Das Wasser schmatzt ungerührt, es verschluckt seine Wellen. Die Männer grätschen behend, ihren persönlichen Balken im Arm, den sie lenken und hätscheln. Sie tauchen ihren persönlichen Balken unter der Abgrenzung durch. Am sicheren Ort knurren sie ihn endgültig an, als sprächen sie ihren Segen darüber. Sie versenken ihn unter dem alten Seitensteg, wo das Wasser am tiefsten abfällt.
Einmal versunken wird jeder Balken ein tabu.
Es geht noch oft hin und her zwischen dem Steg und dem Plan. Da wird keiner matt von den Brüdern und da wird keiner faul. Morgen ist keine Nacht mehr dafür, die Nacht ist nur heut.
Zuletzt rauchen sie alle zusammen eine verschworene Zigarette am Plan, was eine Ausnahme ist, und haben gemeinsam ausgefressen, was man am liebsten vergißt. Da wird keiner was läuten, denn wo kämen sie hin. Da wird sich ein Kumpel auf den anderen verlassen.
Von ihrem Aufpasser hören sie es freistehend an, sie sind überhaupt nicht beobachtet worden. Der Fall wächst sich nicht aus unberufen.

Sie prahlen ja nicht mit dem Holz. Sie tauchen das geklaute Holz ganz unauffällig aus dem Wasser herauf, legen Kunstpausen ein. Schwitzend vor Hingabe stellen sie den Sprungsteg selbst her, den neuen Laufsteg, die Leitern. Sie haben einen gelernten Schreiner dabei.
Seine Firma hat Holz gestiftet auf sein Betreiben, da braucht keiner nachrechnen wieviel. Alles macht sich natürlich.

5. Kapitel

Den Gillich hält das Holz davon ab, seinem Wild, das ihm zufallen muß, nachzustellen. Aber er läßt es nicht auf sich sitzen.
Er kennt nur keine Seitensprünge im Sommer, wo er trainiert. Im Winter nimmt er das mit, was ihm in die Hand wächst.
Ganz leise lökt ein Stachel in ihm. Er sieht das Fräulein nicht laufen. Sie ist wohl nicht hier oder geht nicht aus und hat einen fressenden Kummer. Sie wird schon nicht die Lebedame sein, für die er sie hielt, er wäre ihr sonst schon begegnet.
Inzwischen war er nicht tatenlos, er weiß ihren Namen.
Das muß schon ein stürmischer Januarabend werden, bis das Fräulein am Brückenkopf vorbei das Donauufer hinaufstreicht, als triebe angeborene Ruhelosigkeit sie dahin.
In zerrissenen eilenden Lachen droht der Fluß an ihr vorüber, zur Donaubrücke hinunter. Er sieht gefährlich aus, die Wolken darüberhin sind gefleckt, die Fluten zertrümmert, als wollten sie einen erschlagen.
Das Fräulein ist die einzige, die hier geht und die faszinierten Augen nicht vom Wasser abwendet. Hier fangen die bewußten Wirbel an, die einen ersäufen.
Wenn ich mich hineinfallen lasse, denkt sie, wirft es mich an die Brückenpfeiler wie nichts, ich werde im Nu bis zur Eisenbahnbrücke hinuntergetragen. Schon brauche ich nichts mehr zu wissen.
Aber ob ich bei der Eisenbahnbrücke schon tot bin?
Ob sie bei der Eisenbahnbrücke schon tot ist oder ganze Kilo-

meter dahinter, das Fräulein sollte lieber nicht mit dem Gedanken spielen.
Sie ist über den Bereich der trüben Laternen am Luitpoldpark hinaus, als wäre sie auf der Flucht vor sich selbst.
Von den nackten Bäumen tropft das Schmelzwasser hart, aller Schnee läuft davon. Der Winter hält nicht die Zeit ein. Das Fräulein wird nur an den Beinen naß, sie hat eine Lederjacke.
Ein Pferd, denkt sie plötzlich. Ein Reitpferd um diese Zeit.
Das Traben hört auf, wenn sie stehenbleibt, es setzt sich, wenn sie weitergeht, sogleich in Bewegung, es klopft ihr nach wie in einem bedrängenden Traum.
Sie beide sind die einzigen draußen. Aber das ist kein Pferd, jetzt hört sie es deutlich.
Jemand, der sich nicht zu erkennen gibt, läuft stampfend unten neben dem Wasser die alte Grasnarbe entlang. Drunten hat er sie schon überholt, springt herum. Er äugt herauf wie gebannt.
Sie wird von einem Mann verfolgt, da ist kein Zweifel.
In jagenden Sätzen nimmt er die Böschung, ein Unhold will sie überfallen.
Eine fegende Hand fährt ihr durch den Magen. Daß ihr die Lunge platzen möchte, rennt sie zurück nach der Stadt und kommt sich lächerlich vor.
Hatte sie nicht die Wirbel beschworen, als schriebe sie ihren eigenen Tod hinein?
Sie läßt sich nicht von einem anderen in die reißende Donau schmeißen. Wenn sie es selber tut, ist das ganz was anderes.
Am Brückenkopf, wo es hell wird, holt der Verfolger sie ein. Er kommt ihr so nah, als ob er ihr ein Bein stellen wollte. Aber hier gehen Leute.
»Guten Abend!« spricht es völlig unsinnig aus ihm heraus.
Was heißt hier guten Abend? Seit wann ist er ein Mensch?
»Was haben Sie denn, Fräulein Geier? Warum laufen Sie so vor mir davon?«
»Der Gillich,« entschlüpft es ihr, das Herz klopft ihr noch in den Hals.
»Noch immer.«

Das Ungeheuer! Frieda hat sonst nicht dies schrille Lachen. Verwundert horcht er ihm nach.
»Sie wollen sich doch nicht an einem solchen Abend ersäufen?«
»Wie eine Katze. Sie werden lachen.«
»Ich hätte das Nachsehn.«
»Hier von der Brücke werde ich springen.«
»Doch nicht von der Brücke. Wo Sie es unten niedriger haben.«
»Nein, denn Sie zögen mich raus.«
»Ich zöge Sie auch von der Brücke heraus. Da hinunter bin ich schon öfter gesprungen.«
Der Mensch hat ja keine Ahnung. Er wird sie für eine Spinnerin halten.
Sie muß reden, sie darf sich nichts anmerken lassen.
»Warum gehn Sie nicht auf dem gewöhnlichen Weg? Man muß sich ja erschrecken, wie Sie einen überfallen.«
»Das war nicht die Absicht. Ich wollte feststellen, ob Sie es wirklich sind, bevor ich Sie ansprach.«
Das Ungeheuer! Was hat er für schwere Schuhe an auf dem zerweichten Boden, die reinsten Hufe. Darum hatte sie ihn zuerst für ein Pferd gehalten.
Im überwachen Licht der nahen Lampen sehen die Beiden sich in die Augen, die sie künstlich starr erhalten.
Er ist so unbewußt. Wie ein Wagen rollt es von ihm heran.
»Ich habe von Ihren sportlichen Siegen in Regensburg, Nürnberg, Schliersee und München gelesen,« sagt die Geier, sie läßt nicht eine Stadt aus.
Für die aufmerksame Erwähnung muß ja der glückliche Sieger sich dankbar erweisen.
»Ich habe morgen abend frei. Wollen wir miteinander ins Kino gehn?« schlägt er ihr vor.
»Ja,« sagt Frieda Geier.

Der Venusberg

Fünf Jahre war ich alt und es war Sonntag und Nachmittag dazu, zum ersten Mal erlebte ich, was ein Theater war. Es kam mir ins Auge, zwar nur von außen, meine Großmutter hielt mich fest an der Hand. Sie zeigte es mir und rief es mit seinem Namen an. Das rätselhafte Wort ging mir seltsam ein, und seit es in meinen Kopf fiel, hat es mich nie ganz verlassen und machte Tumult und nahm mir die Ruhe weg.
Das Theater streckte mir eine große graue Zunge heraus, die von seinem ersten Stock bis hinunter aufs Pflaster reichte. Die Zunge war aus Segeltuch und straff gespannt, die Zunge war eine Rutschbahn, und kreuz und quer, wie es eben kam, rutschten junge Burschen darauf herunter, als täten sie es zur Lust. Sie sprangen aus der Hocke auf und liefen davon, und oben unter dem Dach taten sich andere Fenster auf, Gestalten schwenkten die Arme und rangen um Hilfe und schrien.
Da rannte in den Fallwinkel unten eine Gruppe behelmter Männer hinzu. Sie spannten ein pralles Sprungtuch in Armhöhe aus und wurden davon schon müde und forderten mit Zuruf zum Springen auf. So hoch herunter sprangen aber nur zwei, hübsch nacheinander, wenn das Tuch wieder leer war. Die anderen zogen es vor, sich die Treppe hinunterzuschleichen, als wäre sie nicht abgeriegelt durch Flammen. Der lahme Bürgersinn ließ sich nicht provozieren. Dies war kein Ernstfall. Auch war die Möglichkeit zu springen zweimal schon bewiesen. Dies war die fällige Übung der Feuerwehr, das Stadttheater war nur angenommenes Brandobjekt.
Seitdem gehörten die Feuerwehr und das Theater für mich zusammen, als sähe ich sein Ende im Phosphor schon voraus. Im Theater konnte es brennen, totgetrampelt konnte man werden; trotzdem zog es die Leute in diese Falle hinein.
Daheim schon wurde mein Vater ein anderer Mann und rannte mit einer geheimnisvollen Schnurrbartbinde herum, weiß war sie, gespensterhaft. Er klappte die Türen der

Wäschekommode auf und zu. Er konnte es sich nur selber recht machen, ein anderer konnte das nicht, und zielbewußt zog er sich an. Er tupfte einen Tropfen Wohlgeruch in sein Taschentuch wie die Römer, Brillanten blitzten an seiner Schmiedehand, und wenn er die weiße Klappe von den Lippen löste, zeigte sein Schnurrbartbürstchen zärtliche Spitzen, nur küssen durfte ich ihn nicht. Meine Mutter warf sich ins Prachtgewand und einen merkwürdigen Umhang mit Keulenachseln. Der Operngucker gehörte dazu. Noch trug man nicht wie im verfrorenen Krieg sein Scheit Holz hinein.
Zum Stadttheater hatten sie es nicht weit, sie gingen um den Kobold herum, der ein Bräu war, über den Schliffelmarkt weg, an Unterer Pfarr und Rathaus gerade noch vorbei. Sie gingen zu den Zauberern und Feen, zu den Kabalen und Intriguen, zu den schwärmenden Räubern, den vorlauten Zofen, zu den entbrannten Jünglingen und zu den vierzigjährigen Greisen, zu den Buhlerinnen gingen sie, sie gingen noch nicht zu den Dirnen.
Salzstadel und Theater waren dicke Nachbarn, sie konnten sich in die Fenster sehn, der Platz hieß nicht wie heut. Er schrieb sich französisch nach dem Gouvernementgebäude, das ihn flankierte. Damals standen noch verschattete Bäume darauf, damals war er intimer, das freistehende Theater schnitt ihn schon vor der Schuttergasse ab. Man konnte hinter dem Theater herumgehn, und nicht nur die Hunde schnüffelten in den uneingesehenen Winkelgang am Männerklostergarten hinein.
Hier hatten auch die Schauspieler ihren wenig schönen Einlaß. Ich sah sie Rollen lernen im fleckigen Stiegenhaus, die Treppe hinauf und hinunter, fahrende Gesellen mit schmaler Schlafstatt im billigen Hotel. Die Vorderfront gehörte dem Publikum und dem schönen Stil.
Dicht hinter Flügeltüren führte eine steinerne Treppe zum Parkett und himmelsteigend zu den Rängen hinauf. Der Zuschauerraum barg sich dahinter wie ein brausender Korb, die Pforten sparsam wie Fluglöcher in die Wände geschnitten. Hatte man den Zwickzangenmann passiert, wo das Gedränge sich staute, glitt man aus dem durchschauten Alltag in einen

magischen Hohlraum hinein. Da schob es einen von selber, so war das Gefälle steil, die Schritte wurden schief am Hang.
Ein Venusberg hatte rot sich aufgetan, beim ersten Mal verschlug es mir den Atem, eine besondere Affinität entstand. Fortuna mit ihrem Füllhorn schwebte auf dem Vorhang nieder, ich glaubte der Verheißung sofort. Ich tat aus Eigenem eine Masse hinzu, nichts hätte mich vor den Kopf gestoßen, hier drinnen war ich auf alles gefaßt.
Der Boden senkte sich unter dem Fuß zum tiefgelegenen Orchester hinab, und selbst das steile Gefälle jagte mir ein Vorgefühl durch den Leib, so einen Sessel mußte man sich verdienen. Ich setzte mich von Hoffnung betäubt.
Alles in diesem Theater war einem so nah. Die Ränge schwangen sich beinah über den Kopf weg, Hufeisen, und alle brachten sie Glück. Die Früchte des Lüsters droben unter der Decke konnte man schier pflücken, die Menschen atmeten sich in den Nacken hinein. Eine Intimität entstand wie zu Serenissimi Zeiten, als Serenissimus noch auf der Bühne saß, direkt am Spiel, um keinen Abstand zu haben von seinen Hübschen, vom Busen und vom Bein. Hoftheaterhaft war das Ding gebaut, wenn auch schon nicht mehr für einen Fürsten. Die Intimität war sein angestrebter Reiz. Da waren alle allen dargeboten, und dafür zog man sich an.
Die Musiker spielten aus dem versenkten Loch vor der Bühne wie aus der Grube herauf. Noch spielten sie nicht, die Instrumente standen schon aufgerichtet in gespenstiger Willfährigkeit.
Auf allen Vieren krochen Männer unter dem Bauch der Bühne wie durch ein Zwergenloch heraus, sie zogen den Kopf ein. Noch schauten sie wie die gewöhnlichen Menschen aus, sie hatten hier ihren täglichen Tag. Die Verwandlung bereitete sich schon.
Da stimmten Eingeweihte ihre Instrumente und erzwangen sich Gehorsam, sie tupften den Nerv an. Verlorene Töne zirpten sie und ließen sie aus der Zwergengrube hüpfen wie blinden Zufall, eine Baßgeige strich barsch. Da hockte der Zuschauer schon dichtgedrängt, da brauste es schon insektenhaft.

Das Licht fiel weg und zweimal hatte es schon geläutet, man schüttelte sich zurecht. Der Taktstock zuckte auf und hatte die Musiker losgelassen, da wurden sie anders. Da enthemmten sie sich und erstrichen sich über die geballten Gemüter Macht. Da wetzten sie in ihrer Vorhölle drunten wie die schürenden Teufel und schürten eine Musik an. An einem lustvoll gelähmten Hörer taten sie, was sie mußten, und der wartete noch darauf. Und war er gevierteilt sozusagen und gesotten und hatte sich nicht gewehrt und war ers würdig geworden, ein einzig verlangendes Wesen nur, ein Medium und Verstärker, dann war es heraufbeschworen, den Vorhang konnte man hochziehn, das Eigentliche begann.
Altmodisches Theatererlebnis, gewiß! Theater als Rausch. Das wußte man noch nicht anders. Reizüberflutung wurde noch nicht einmal geahnt, Wünsche erfüllten sich nicht. In kleineren Städten gab es ein bißchen Zirkus einmal im Jahr, kaum ein Kino mit dem abrupten Gezappel, auf Verfolgungsjagden lief es beschämend hinaus. Die Leinwand flimmerte zum Abgewöhnen, die »Weiße Sklavin« wurde noch verschleppt. Nie kann Film Kunst werden, weissagten allwissende Professoren. Da war das Theater ein unersetzliches Ventil.
Längst lernte ich Latein, Chemie, Physik in Regensburg, weil weibliche Schüler das in Ingolstadt nicht durften, noch hielten die Schulen die Geschlechter streng getrennt. Ich mochte wollen oder nicht, zwei Stunden Bahnfahrt entfernt war ich in einem Kloster vergraben, ich kam nicht anders heran ans Studium.
Verwirrung trug ich durch die hallenden Gänge der Tugend und Überdruß. Brustkrägen mit Schleifchen wippten steifleinen um mich her. Kopfschleier zeigten die rasierten Köpfe der Wirklichkeit nie. Hier ließen Frauen freiwillig sich entstellen und wurden einseitig streng und hielten einem Scheuklappen an. Sie trieben auf Fluchtwege, was jung war und weltlich und was sich wehrte.
Nur in den Ferien fand ich ins stark entbehrte Theater hinein. Gefangenschaft trug ich hin als aufzufüllenden Mangel, da war ich ein nur zu williges Publikum. Ich zuckte nicht

mit der Wimper, mein jungfräulicher Magen schluckte alles. Ich pumpte mich voll mit einem Kunstgenuß, auch wo er fragwürdig war, vergleichen konnte ich nicht. Heirate mich, Leonhard! ich schlang es hinunter. Und wie wankte der böse Bruder herein im letzten Akt, wie starb die Mutter geisterhaft.

Im innersten Tempel wars nicht so rosig, liefen die Gerüchte. Dort tat man, wie Sklavenhalter tun. Schauspiele lösten sich in reißender Folge ab. Der Darsteller kam aus dem Lernen nicht heraus und aus der Pein, er stopfte Text in sein Gehirn, daß es sich krümmte. Die Gehälter waren ein Trinkgeld.

Für den Direktor war es eine Pfründe. Er mußte billig bleiben, nur so verdarb er es mit seiner Gemeinde nicht. Für Hauptpersonen wurden Prunkstücke entliehn an Garderobe, den Staub noch darauf, und hatten sie im letzten Stück schon gedient, sie waren im neuen Stück darum nicht schlechter und ließen die Umwertung sich gefallen. Die Nebenrollen wurden abgespeist mit zufälligem Fundus und freiwilligen Gaben aus dem Publikum. Da konnte es geschehn, daß die Besucherin aufzuckend ihren allzugrünen Schleier, den stechendroten Sonnenschirm erkannte, wie er eingeschmolzen war ins täuschend angeleuchtete Bühnenbild und mußte sich reimen.

Die Direktion hatte gelernt sich einzurichten mit der Misere, das machte sie sogar beliebt. Wie im Zirkuswagen wurde Weib eingespannt und Kind, da werkte alles zusammen. Statisten holte man von der Straße weg für ein Freibillett. Schauspieler waren vorzugsweise brünett, was sich für Schurken bewährte. Wo gar nichts half, half immer noch ein Ballett, das mit geschwenkten Armen lämmerhüpfte, man sah nicht viel vom Bein.

Auf Schmieren kann es herrliche Menschen geben, wie man weiß, fernab vom arriviert Erstarrten und vom Ausdrucksbeamtentum. Nur bleiben sie selten wie die Kometen.

Ich unterstelle nicht, ich sei an einen Kometen geraten, die Leuchtkraft sah ich selber hinein. Das Meiste tat mein eigener Überschwang. Mit meinen fünfzehn Jahren konnte ich Steine erweichen, denn ich traute es ihnen zu.

Anfällig war ich für die schöne Gaukelei und als mir auf

angestrahlten Brettern ein Blender widerfuhr voll Burschenromantik, wepsigen Studenten und auswegloser Prinzentragik verwechselte ich den gar nicht so jungen Schauspieler mit seiner Rolle. Mitten im Stück verfiel ich in heftige Liebe zu Karlheinz. Er konnte Käthie sagen wie einen Vogelruf, ich hörte die Nachtigall und weinte. Am nächsten Tag schon wußte ich, wo er wohnte und schrieb ihm in sein Hotel einen Teenagerbrief, ich strebte nicht weniger an als ein Rendezvous. Die willfährige Antwort fiel in eine argwöhnische Vaterhand.

Als Erstes schlug mir der Ernährer den Buckel voll, ich fühlte mich märtyrerhaft. Den Brief zeigte er mir nur von weitem, ich durfte das seltene Stück nicht einmal lesen.

»Was willst du?« fragte mein Nährvater zornig, »wirst du ihm die Zeche zahlen oder was stellst du dir vor?«

Er sperrte mich über zwei Stiegen ein im oberen Stock, steil sah ich vom Fenster herunter. Er werde sich den Verführer vorknöpfen, drohte er durch die Tür.

Im Hotel Adler mußte ein aufgestörter Schauspieler ihm in die Schmiedehand versprechen, nie werde er mich Gehütete treffen. Er hats versprochen, der Hund, er mied mich wie eine Pest, das fiel ihm nicht weiter schwer. Ich litt in meinem Stolz. Ich litt am Leib. Ich war verraten, verratzt. Nur selten durfte ich zum Essen zu den anderen hinunter. Kein Rabe brachte mir Futter. Ich hatte Hunger, ich schwörs.

»Hättest du den Kerl bloß ohne Schminke und ohne Rampenlicht gesehn! Er sieht schon ganz verlebt aus.«

Ich hielt es für pure Behauptung.

»Verheiratet ist er auch, mit einer Verhärmten,« warf ihn mein Vater noch weiter weg, als sei der Schauspieler schuld und ginge darauf aus, mir die einmalige Jungfernschaft zu stehlen.

Der Umstand knickte die Blüte, obzwar mein Eigensinn noch tobte. Hinter verschlossener Tür grübelte ich viel. Am Montag fuhr ich zurück in die andere Klausur zu den steifleinenen Krägen.

So früh ging dieser Zug, daß nicht einmal die Pferdebahn zum Hauptbahnhof verkehrte. Mein Vater hatte den Ver-

druß im Kobold hinuntergeschwemmt, spät war er heimgekommen, stand nach wenig Stunden schon wieder auf und nahm mich ernst. Er ließ es sich nicht nehmen, mich persönlich zum Zug zu bringen, die Abfahrt wollte er überwachen und die Endgültigkeit. Ich hätte aussteigen können auf der nächsten Station, umkehren mit dem Gegenzug, so weit dachte er wieder nicht.
Ich schwieg verstockt. Mein Vater fürchtete für meinen Charakter und schwieg. Der Schnee unter unseren Füßen knirschte dazu. Mein Vater sah mich am Abgrund, wenn es mich zum Theater zog, er sah mich schon unten.
Zur Warnung berief er sich auf ein Schauspielerkind, das vor den staunenden Leuten zugab:
»Morgen ist Sonntag, morgen gibt es zu den Kartoffeln Salz!«
Und diesen Freudenschrei eines Kindes hatte mein Vater mit eigenen Ohren gehört.
Ich glaubte es ihm sogar. Die Ungerechtigkeit spürte ich tief. Grimmig fuhr ich den Schulterkrägen entgegen.

Der Rauch

Damals hatte ich nichts zu tun mit dem Laden, seit Jahren schon nicht, das hatte der Arzt dem Nickl verboten. Den ganzen Zauber habe ich nicht mitgekriegt mit den Punkten im Krieg und nicht das Gewinsel, wenn einen die Kunden bedrängten und wenn sie der Laus den Balg abschinden wollten.

Den Rauch verteilte ich nicht, Gott sei Dank, ich war selber auf schmale Ration gesetzt. Nach der schweren Krankheit hatte ich ganz aufgehört mit dem Rauchen, nur fing ich dann wieder an. Der Nickl gab mir zwei Zigaretten am Tag, ich gab ihm dafür meine Punkte, so habe ich was für meine Gesundheit getan. Aber entbehrt habe ich es auch, zumal wenn ich den Mann mir was vorrauchen sah, ich hatte es eben noch nicht überwunden.

»Du hast das Jahr vorher nicht geraucht, du hast überhaupt kein Kontingent,« sagte der Mann. Damit waren sie abgeschnitten, die Wünsche. Da trieb es mich um, heute würde mir das ja nichts mehr machen.

Nur hätte ich hin und wieder eine Schachtel Zigaretten für die Strickerin gebraucht, welche ich wußte in einem Dorf. Man hätte einen Pullover gehabt auf den Leib, wenn die Kohlen im Ofen nicht reichten.

»Gib doch die Zigaretten,« sagte ich, »sie werden verlangt.« – »Nein,« wußte er darauf, und ich gab ihm hinaus: »Du machst es einem nur schlecht.« – »Du arbeitest auch nicht im Laden,« sagte er, stur konnte er sein, und ich sah wieder, was ihn wurmte. Daß eine Frau krank werden muß, reimte sich für ihn nicht zusammen, denn sie wurde gebraucht. Nur konnte er gegen den Arzt nicht an.

Aber der Kriegseinsatz kümmerte sich nicht darum, es war nicht mehr akut. Was daraus wurde, war ihnen egal. Das wurmte ihn nochmal und »wehe, wird mir die Frau krank!« sagte er schon gleich, als sie mich holten.

So ging ich mit gemischten Gefühlen hinein, und von den Zigaretten trennte er sich nicht, auch wenn ein Pullover daraus geworden wäre für ihn. Er sagte: »Spar eben deine zwei Zigaretten zusammen!« Das konnte ich wieder nicht, so abhängig war ich davon, und wenns zwei Stück waren, es war eine Schande.

Da hat die Strickerin denn auch nichts getan, für ihn nicht, für mich auch nicht. Da waren wir beide gleich, und gleich eigensinnig waren wir auch.

Denn mit Stricken fing ich nicht an, was sollte ich machen? Ich flickte so schon bis Mitternacht jeden einzigen Tag, wenn ich aus dem Kriegseinsatz heimkam. Das Zeug war doch alles Ersatz, aber der Mann hätte was aus Eisen gebraucht. Todmüde war ich, ich hatte kein Gefühl mehr in den Fingern, die Nadel fiel mir aus der Hand.

»An dir hängt mehr Arbeit dran als an drei kleinen Kindern,« hatte schon seine Mutter gewußt. Um drei Uhr blies mich dann die Sirene heraus, und in aller Morgenfrüh mußte ich laufen, ich war nicht einmal eingeschlafen nach dem Hokken im Keller, das Lauern stundenlang hielt einen wach. Aber der Einsatz wartete nicht.

Das ganze Jahr bekam ich nur die Hälfte vom Schlaf. Ich dumme Kuh hielt meinen Mund. Es war verlangt, daß man nichts daraus machte.

Es gab andere, die prunkten mit den wärmenden Pullis. Der Nickl konnte nur mehr den Kopf schütteln und es mir hinreiben: »Andere Frauen bringen doch auch was her.« – »Ja,« sagte ich, »gegen Zigaretten!« Ich redete hin an einen Verstockten. Niemand tat einem was ohne Zigaretten, zaubern konnte ich nicht. Das war im Krieg eine Währung, die war mehr wert als ein schönes Geld.

Aber den Mann blies die Sirene noch ganz anders heraus, ich machte mir das nicht immer klar. Denn auch er hielt den Mund. Es war verlangt, daß man nichts daraus machte. Die Überforderung war allgemein.

Er war im Luftschutz, der Nickl. Er war vom ersten Tag an dabei. Da wurden sie hart gedrillt, was ihn um seine goldene Freiheit verdroß, dann nur am Vormittag noch gedrillt und

standen danach in Bereitschaft, wie man es nannte. Das Stehn war ein Sitzen, im Feuerhaus spielten sie Karten.
Der Mann fand eine Masche und war dann in der Nacht wieder in seinem Bett, in der Wohnung durfte er schlafen. Mit dem Rad konnte er schnell im Feuerhaus sein, gab es Alarm, er war verbunden durch ein Telefon. Er bekam den Nachmittag frei für seinen Laden, weil er einen hohen Umsatz nachweisen konnte. Dafür mußte er verzichten auf seinen Sold.
Im ganzen waren es fünf, die die Vergünstigung hatten und auch den Grund, alle fünf hatten verzichtet. Es hieß nur spurten beim ersten scheußlichen Ton, den die Sirene heulte vom Dach, sonst war ihnen die Gunst genommen.
Unüberhörbar war dieser Ton, mit den Ängsten beladen. Er ging einem durch Mark und Bein, jedes einzige Mal sah ich dem Mann nach. Ankennen ließ ich mir nichts, es nahm einem den Atem bei jedem Alarm. Der Mann erzählte mir nichts, wenn er heimkam von Nürnberg, von Augsburg, von München.
»Wenn ich das noch erzählen müßte auch!« sagte er bloß.
Froh mußte man sein, wenn er heimkam, er fuhr ja immer mitten in die Katastrophe hinein. Wo sie am dicksten war, dort schmiß man den Luftschutz hin, und es war der Nickl, der hinterher die Kameraden heimfahren mußte, er konnte am besten fahren im Dunkel, die anderen hinten schliefen sich aus, die Scheinwerfer benützte man nicht.
Wir taten nie dergleichen, es gehörte sich nicht. Ich verstand ihn gut, daß er zum Schwimmen ging statt in seinen Laden, das richtete ihn halbwegs wieder zusammen. In den Laden ging er nur offiziell, er mußte sich blicken lassen, das schon.
In der Zeit machte er nicht viel Wesen mit seinem Geschäft, wir hatten Fräuleins dafür, der Mann lebte nur einmal. In der Zeit verkaufte sich die Ware von selbst. Der Kunde lief der Ware nach und nicht die Ware dem Kunden. Darum waren die Spesen wenig, die Welt war verkehrt; darum blieb auch was hängen. Das Kunststück war nur, die Ware haben.
Nur war, was da hängenblieb, hohl, hinterher stellte sich das ja heraus. Es ließ sich nicht verdienen am Krieg. Von vorn

mußte man anfangen mit wenig Geld, als die Mark den Wert wieder hatte, und nicht einmal der Kunde blieb treu, er wollte den König spielen und wechseln. Denn jetzt war er frei.
Er zeigte es einem, was ihm verleidet war unter dem Zwang, aber wir hatten den Zwang nicht erfunden. Wohl oder übel mußte man seinen Kunden verärgern, man war an die Punkte gebunden und rechnete sie vor am Finanzamt, dort ging es genau.
Nur hätte der Kunde gern eine Extratour gehabt für sich speziell. Daß er die Extratour nicht bekam, merkte er sich. Darum kamen die Neuen auf nach der Währung, als der Handel losgelassen wurde und es von Heimkehrern schwirrte. Das wußte man damals noch nicht.
Der Mensch sieht ein kleines Stück und nicht mehr, der Mensch sieht nicht alles voraus. Der Nickl glaubte steif und fest, daß er nach dem Krieg reich werden würde, als risse man ihm die Ware immer so fort aus den Händen heraus. Nie ging es in seinen Kopf, daß es sich nach dem Krieg drehte.
Der Russe rückte an die deutsche Grenze heran, da stellten sie den Mann noch ins Feld ab, und von der Feldpost, die ich ihm schickte mit allem Rauchbaren darin, hat ihn nicht ein Päckchen erreicht, der Mann war immer schon weg.
Er war immer dicht hinter der Linie. Er kam bis Stettin; das war sein Osten, wie er es nannte. Von Stettin mußten sie wieder zurück, sie waren lauter ältere Männer auf einen Haufen. Er hat Holz geschlagen in einem Wald, da fetzte es her, und da passierte es nicht. Er geriet in einen großen Kessel hinein und aus dem Kessel noch einmal heraus, im Genick immer den Russen.
Er mußte zu Fuß nach Hamburg laufen oder nicht ganz so weit. Zuvor hat sie der Ami noch abgefangen in einem Lager, und der Nickl war der Letzte, der ihnen hineinging, sie schickten ihm einen einzelnen Ami heraus.
»Da sind wir Herr!« sagte der Nickl ganz frech, und wenn die reine Ohnmacht dahinterstand. Als könne er noch was wenden! Er setzte sich auf einen Stein, fest entschlossen, daß

man ihn wie ein Schwein hineinschleifen mußte, weil da drin die verrufene Gefangenschaft war. Der Ami schaut ihn noch an und bricht sich nichts ab und setzt sich auf einen anderen Stein, er raucht an seinen Zigaretten so fort.

Der Mann hat es mir hinterher mit immer den gleichen Worten erzählt, und so ist's gewesen. Er hätte auch an einen anderen hinkommen können, insofern hatte er wie der Dumme das Glück.

Der Ami kam dann herüber und redete deutsch mit ihm, weil er in Hannover einen Großvater hatte. Der Nickl nannte den Ort, wo er her war und auch wieder hin wollte, wenn man ihn ließ, und eine Zigarette nahm er von ihm an. Nach einer ganzen Weile erst, sagt der Mann, und weil er sich wehrte, trieb der Ami ihn mit dem Revolver hinein.

Den Kopf hätte es ihn kosten können, wenn der Ami schlecht aufgelegt war.

Da lungerten ein paar Soldaten am Eingang, daß sie gleich nach seinem Handgelenk griffen, aber die gewünschte Armbanduhr war schon fort. Die Waffen hatten alle Gefangenen schon außerhalb zusammengestellt. Die Soldaten streiften den Nickl ab, was er sonst an sich hatte, aber nach dem, was er in den Stiefeln trug und worauf er lief, nach dem griffen sie nicht.

Vor dem Russen gelaufen, vom Ami gefangen, aber dem Engländer überstellt, blieben sie in dem Lager nur eine Nacht und kamen dann doch nach Hamburg hinein, wo es einen schreienden Mangel an Schutzleuten gab. Und weil der Nickl den ganzen Krieg im Luftschutz stand und hatte das auch vermerkt, mußte er Schutzmann machen in Hamburg.

Danach wog er hundertundvier Pfund und hatte soviel Pfund eingebüßt seit Stettin, und ich wog nicht viel mehr, aber so weit sind wir noch nicht.

Noch bevor er ins Feld ging, war ich aus dem Kriegseinsatz wieder heraus, weil ich krank wurde nach einem Jahr und der Mann ließ es sich nicht gefallen. Das alles hat er noch fertiggebracht, er hatte sie gleich schon gewarnt.

Er berief sich darauf, denn jetzt rückte er mit groben Drohungen daher, daß er die Frau dem Staat hinaufhängen

wolle zur Invalidenversorgung, das war die überhaupt einzige Masche, wie ihm einer verriet. Ich hörte ihn selber bei seinen Drohungen am Telefon, ich wurde richtig bitter, er steigerte sich so hinein. Ich wußte nicht, wie weit es ihm damit ernst war. Aber hätte es sich nicht heilen lassen, war es schon ernst.
»Ich hab sie schon einmal gesund machen müssen und das bezahlt,« sagte er hart, »an einer kranken Frau habe ich kein Interesse.«
Genauso grob brachte er es an die richtige Stelle, und wenn ihm das auch nicht hinausging und es am Ehemann hängenblieb, er machte doch Eindruck bei den Stellen, weil er seine Frau für den Kriegseinsatz gleichsam strafte, stur konnte er sein, und er hatte die frühere Krankengeschichte, die er vorweisen konnte.
Da wollten sie mich verschicken auf eine Kur, vor dem Verschicken hatte ich einen Heidenrespekt. »Ich werde schon damit fertig,« sagte ich, »bin ich erst aus dem Einsatz heraus und hab wieder mehr als drei Stunden Schlaf.« Und als ich den Schlaf wieder hatte, wurde ich auch damit fertig.
Ich hab mich kuriert nach Doktor Eisenbarth. Aber der Mann ging fort in den Krieg und hat geglaubt, daß er mich nie wieder sieht, und das aus einem ganz andern Grund. Das war das Letzte, was er noch für mich tut, hat er geglaubt.
Nämlich er hat einen Wink bekommen von einem PG mit genau solchen Worten: »Dir wollen wir ja nichts, aber deiner Frau!« Das sollte eine Warnung sein, daß was im Gang war, oder was konnte es sonst sein? Ich wußte immer, es gab was zum Fürchten.
Da waren die Gewissen, denen ich ein Dorn blieb im Aug, es war mir auf der Stirne geschrieben. Jeder wußte, mit wem ich zusammensteckte früher einmal, ich galt für eine Linke, und daß ich frei herumlief, begriffen sie nicht.
Die Heirat hatte vorübergehend geholfen, nun sollte auch das nicht mehr helfen. Sie brachten den Nickl schon ganz durcheinander. Mit Fleiß haben sie in den Mann den Stachel gesenkt, es werde ihm noch was passieren mit mir, und wegen der Sippe hafte er mit.

Sie machten ihn wankend, aber er schreckte doch auch zurück. Wäre ich ihm fortgelaufen, das wäre besser gewesen für ihn, ich wußte bloß nicht wohin. Mehr wie einmal haben sie es mir gezeigt, aus den Wirtschaften mich verjagt, wenn die Herren beanstandeten, daß ich beim Kundschafttrinken saß mit dem Nickl und sie soffen am nächsten Tisch. Ich hätte zuviel beobachten können, da war ich nicht erwünscht. Der Mann hatte sich mit Schwung hinausschmeißen lassen im Anfang und hat zu mir gehalten, das vergaß ich ihm nicht. Dann war eine Zeit Ruhe, und dann war ich krank von der Zeit.

Dann fing es wieder an, da war es ihm schon lästig, ich mußte büßen dafür. Ich sah was auf mich zukommen, und ich schaute dahinter. Ich wußte immer, es gab was zum Fürchten. Die hätten es gar zu gerne getan, mich nach Dachau gebracht noch vor Torschluß, die räumten schnell noch ab.

Bei der Dienstverpflichtung hatten sie mir nichts anhängen können, ich paßte schon auf. Aber daß ich aus dem Einsatz herausschlüpfen konnte, das allein war verdächtig, vergönnt war es mir nicht. Denen hat bloß der Krieg nicht lange genug gedauert, sonst bekamen sie es noch in den Griff.

Er sieht mich nicht wieder, der Mann hat es nicht anders geglaubt. Ihn stellen sie jetzt ins Feld ab, daß keiner mehr für mich was tut, und dann holen sie mich. Er hat es mir nur nicht gesagt beim Abschied am Bahnhof, was konnte es nützen? Viel später einmal hat er es mir gesagt.

Darum war keine Sturheit in ihm auf dem Bahnhof, er war nicht die Spur mehr verstockt. »Nimm dir heraus,« sagte er, »was du brauchst, Zigaretten meinetwegen, übertreib es nur nicht. Und das Geld holst du bei meiner Schwester.« Er hat mich nicht einmal gekürzt, was mich gewundert hat an dem Mann, ich wußte ja nichts.

Sein Laden war zugesperrt, der Nickl hat die Ware seiner Schwester überstellt und es ordentlich gemeldet, daß sie sein Geschäft weiterführte in ihrem Geschäft, sie kannte sich in der Branche aus. Er band es ihr auf die Seele, daß sie ihm seine Stammkunden erhielt.

Ich hab mir Mühe gegeben und seine Sachen geschleppt im

Luftschutzgepäck, das Seine und auch das Meine, was eben notwendig war, und schwer war der Kram, ich hatte nicht mehr soviel Kraft. Ich mußte in einen Keller außer dem Haus, jeden Tag wieder und jede Nacht, davon wurde einem der Kram so teuer, man merkte es schon, was man dafür tat.
Ich verteilte noch geschwind seine eigenen Zigaretten hinein, von denen ich ihm schicken sollte ins Feld und konnte auch für mich manche nehmen, aber nur für mich selber.
»Das ist Schwund,« hatte er zu mir gesagt. Denn auf das Tausend waren sechs Stück gerechnet als Schwund, was ein Abkommen war. Die blieben dem Großhändler zugute, wenn sie nicht fehlten, die Spanne war so schon gering, passieren konnte viel mehr. Und diese Zigaretten wußte ich, die er mir gab, aber die anderen wußte ich nicht.
Auf der höchsten Stellage am Gang hielt er zwei Gebinde heimlich, die er mir nicht verriet. Er hatte sie gut versteckt gleich unter der Decke und hinter dem Werkzeug zum Basteln, an das ich nicht rührte. Ich kam da zweimal im Jahr hinauf, und diese Zigaretten wußte ich nicht.
Der Feind hatte schon abgeladen in den Randbezirken der Stadt, in der Stadtmitte noch nicht. Er flog nicht mehr meistens bei Nacht ein, die Sirene heulte schon mehrmals am Tag, sie kreisten über Würzburg.
Kleine Autos vom Stab standen plötzlich in den Hauptstraßen herum wie die Flöhe und waren leer und waren im Straßenbild neu, dann sprangen die Chargen mit den besonderen Aufträgen wieder hinein und weg waren sie, ich spürte eine schwirrende Unruhe in der Stadt. Jeder wurde zum Schluß noch gelenkig und turnte im Kopf, machte es so und dann doch wieder anders, als ließe sich mit Voraussicht was retten, rechnete sich alle Chancen aus und hatte hinterher sich verrechnet. Denn was da zuschlug, war blind.
Wer sich hinauswagte in die freie Schütt, der hörte von weither ein Wummern und Rollen, ganze Tage hörte man es schon. Das rückte ungeheuer heran und war die Front.
Es gab Leute, die waren hundertmal in den Keller gegangen, und weil es aufs Ganze ging, verloren sie das Vertrauen und

wollten nicht mehr hinein, andere wieder gingen jetzt erst hinein.
Es gab Leute, die sagten: »Ich geh nur ins Freie, wenn Alarm ist, nicht anders.« In wahren Schwärmen zogen die Menschen über den Steg in das Wildwuchsgebiet an der Donau hinaus. Soviel Menschen sah man sonst nie mehr beisammen, ganze Familien liefen mit den Kindern davon, gab es Alarm. Dort war weit und breit nichts, wie sie meinten, da gab es kein lohnendes Ziel.
Andere wieder wußten: »Es ist schrecklich unter den Bäumen, wenn sich die Bäume bewegen und stürzen.« Und wer das einmal mitgemacht hatte, wagte sich nicht mehr unter die Bäume.
»Mir genügt ein Mauervorsprung,« hatte der Nickl immer gesagt, wenn er beim Löschen war in den Städten, er scheute vor Kellern. Einen echten Schutz gab es doch nicht. Selbst in das Wildwuchsgebiet schlug es Krater hinein, sinnlos aber zum Tod. Auch in den Kirchen hat der Oberteufel gehaust und half keine Weihe dafür und half kein Herrgott im Kelch. Der Schrecken war losgelassen. Keiner war sich schlau genug, daß es ihn nicht heraussuchte, wenn es wollte, und daß es ihn traf.
Als der Feind in der Innenstadt ablud, war es nach drei Stunden Warten ein einziger Schlag. Wir hatten schon geglaubt, wir kämen bald aus dem Keller heraus.
Der Feind nahm uns auf dem Rückflug noch mit, und mit dem einen Schlag war alles getan. Ich spürte ihn von unten herauf mit aller Wucht in die Sohlen hinein und in den Fuß, als spränge der Schlag unheimlich aus der Erde heraus. Und er kam doch von oben, wo aber die Decke noch hielt und wo uns über den Köpfen ein Meer von Flammen brannte, gleich ein paar Volltreffer faßte das städtische Haus. Nach dem einen Schlag, weil der Feind auf die Sekunde genau ausgeklinkt hatte, brannte die halbe Innenstadt an allen Ecken und Enden.
Und das Haus, wo ich wohnte, nicht aber im Keller saß, war das letzte Haus, durch das eine Bombe hindurchschnitt, jenseits der Straße war schon kein Krieg, wir waren das Ende vom Teppich. Die Bombe raste schief durch das Dach, durchs

Treppenhaus schief, den Kopf voran die Geschwänzte. Erst im Nachbarhaus schlug sie berstend auf und riß es hinunter in einen einzigen Brand.
Wir hatten Massel und schlüpften durch den Notausstieg auf die düstere Straße hinaus, die schwarz war vom wölkenden Rauch, von rotzüngelnden Bränden beleckt. Ich watete durch alle Scherben um unser Eck, war auf alles gefaßt und konnte schon sehn, ich hielt an den beiden Koffern mich ein.
Unser Dach brannte schon weg, die Wohnung im ersten Stock noch nicht. Vom Funkengestiebe aus dem Brand nebenan wollte die Haustür brennen und brannte noch nicht, sie rauchte. Das Gestiebe schlug hart her, ich schützte mich mit dem Arm, lief die Treppe hinauf, die schweren Koffer spürte ich nicht.
Das kopfgroße Loch in der Mauer hatte sich die Bombe gemacht, ich lief noch die halbe Treppe hinter der Wohnung hinauf, denn das mußte ich sehn. Mit dem Gesicht ging ich hin, bis es mich biß. Ich spähte dem Feuer in sein sperroffenes Maul, das fauchte her, als ob es mich meinte. Nur die Mauer faßte das Toben, wer konnte sagen, wie lange sie hielt? Der Brand schnellte hoch an der Trennwand, so daß ich wich, der Wind stand herüber.
Ein Soldat riß mich weg: »Angst haben Sie wohl überhaupt nicht?« Aber es war die Aufregung und nicht der Mut. »Höchste Zeit, daß Sie kommen, die Wohnung müssen wir räumen.«
Der Soldat hatte seine Vorschriften, ich wußte nichts besser. Was sich tragen ließ, trugen wir in jenseitige Hausgänge hinein, wo der Krieg noch nicht war, in zuviel Hausgänge, es halfen zu Viele.
Fremde Helfer schwirrten heran, ich hatte keinen bestellt, und fremde Helfer halfen davon, wer schied von den Schafen den Bock? Sie halfen mir über den Kopf weg, trugen alles weit auseinander, vergebens schrie ich hinterher. Aus anderen Häusern trug man Sachen in die gleichen Hausgänge hinein, wir waren nicht der einzige Brand. Ich war allein, ich konnte nicht überall zugleich sein.
Am Abend trugen wir es wieder zurück, was noch da war,

natürlich, denn es war eine Gelegenheit, aber im Erdgeschoß fehlte mehr. Dort waren die Helfer von der Straße aus einfach durch die Fensterläden gestiegen und hatten geholfen.
Ich wollte es richtig machen und machte es doch verkehrt, hinterher schimpft es sich leicht. Daß das Haus nicht herunter brannte, wußte man zuvor nicht, alle hielten es für verloren. Das Haus mußte schon triefen, dann erst wußte man, es brennt nicht mehr herunter. Wir waren mit Ausräumen fertig, da wurde Luftschutz eingesetzt für den großen Brand an der Ecke, der spritzte fleißig seine Güsse zum alten Kameraden herüber und rettete dem Hausherrn das Haus.
Die Türen zersprengt, alles Glas zerschellt, zog die Wohnung wie ein Kamin, der April schneite wieder, es war die kalte Hölle. Für mich gab es keinen Keller mehr, ich mußte vorlaufen bis zur Post. Ich schleppte an den Koffern, die Flugzeuge schossen schon im Tiefflug herunter. Sie jagten uns wie die Hasen, die Lunge kam einem heraus. Es ging auf den Schluß zu.
Plötzlich schickten die Lieferanten den Händlern die Ware haufenweise auf ihre Gefahr, schickten sie einfach los, die sie so lang zurückgehalten hatten, und wälzten das Risiko ab. Sie hatten ihren Beleg, der Kunde wurde schuldig dafür und konnte zusehn, wie er die Ware behielt. Es waren die Taten der Angst. Die Ware war regulär, gleich nach der Einnahme wurde sie heiß, das wußte man oben schon, das wußte man unten noch nicht.
Von einer Stunde zur anderen verlangte meine Schwägerin, daß ich den Großteil der Zigaretten zurücknehme, was gegen alle Abmachung war, sie wollte aus der Verantwortung für die Ware heraus. »Wie stellt sich mein Bruder das vor? Wenn was ist, rettet man doch das Eigene zuerst. Nimm die Zigaretten nur du,« sagte sie, »du bist die Frau.« Ich konnte es ja nicht verweigern.
Schlagartig war ich vor das schwere Rätsel gestellt, wo ich die Zigaretten versteckte, damit ich sie dem Nickl erhielt. Sie waren Satans liebster Köder geworden im langen Krieg, jetzt hatte ich sie als harte Pflicht auf dem Hals. Sie waren ein Anreiz zum Verbrechen für andere, kamen sie nur an Zigaretten heran. Ich wurde Zielscheibe und wußte nicht wie.

Meiner Schwägerin fuhr ein Metzger die Ware zugedeckt zum Apotheker hinüber. Ich hätte nur zu gern eine Apotheke für die Ware gehabt, Apotheken plündert man nicht. Aber ich hatte keine Beziehung. Den nächsten Handwagen fuhr er zugedeckt in die Milchstraße hinein, ich weiß nicht zu wem, nur nicht alles an einen Ort!

Es war sonderbar, »nur weg von hier!« dachte man unwillkürlich, als zöge der Ort, auf dem man stand, den Blitz an, und ein anderer Ort zöge ihn nicht.

Im Laden suchten die Plünderer zuerst, dort konnte ich mit der Ware nicht hin. Außerdem war er mit Brettern verschalt, durch die man einsteigen konnte, hier hatten Splitterbomben gehaust. Die Wohnung war vogelfrei. Mit dem Zug konnte ich so oft nicht mehr fahren, ich hätte sie ausgelagert in einem Dorf. Ein Risiko war es auch, man mochte jemand noch so gut kennen.

Mein Vater nahm den größeren Teil, aber nicht gern und nur, weil in der Werkstatt nicht gearbeitet wurde, seine Leute waren im Feld. An der Schmiedesse war ein Platz, wo ich sie unter rußigen Kisten versteckte. Solang es kein ganzes Lager war, fielen sie dort nicht auf.

Zwei Kartons fuhr ich in den Männerturnverein hinaus, wo im Kasemattenquartier unter den dicken Wällen die Kameraden vom Luftschutz schliefen. Dort waren die Mauern gewaltig, eine schwere Erdaufschüttung auf dem Gewölbe. Dort hatte der Nickl schon einen Kasten mit seinen Anzügen hinterstellt, also hatte er dort das Vertrauen. Man schickte mich auch nicht fort, ein Kamerad schob die Kartons unter sein Bett.

So ein Karton war sechshundert Mark wert regulär, Zigaretten liefen schon damals ins Geld. Es war lächerlich, dachte man an den Umsatz vorher. An den Umständen gemessen, war es ein Schatz. Ich wußte nicht, wo ich die Zigaretten besser aufheben konnte, seine Kameraden würden ihn nicht bestehlen. Bei allem stellte ich mir den Nickl vor, was er selber täte, ich hatte für mich nichts im Sinn. So weit dachte ich gar nicht.

Die Flugzeuge standen schon bereit, daß sie es uns machten

wie Würzburg – da wurde die Stadt übergeben, und dazu gehörte Mut. Wir wären nicht mehr da ohne den Mann, der sein Leben riskierte, wir haben es nur vergessen.

Der Ami gab die Stadt drei Tage für die Plünderung frei, damit eine große Drangsal entstand, das war das Erste und gehörte zum Krieg. Bei der Schwägerin wurde am Nachmittag schon geplündert. Um zwei Uhr, als die Ersten ihr zusetzten, konnte sie sich noch behaupten. Sie war eine Mordsfrau, was das betrifft. Um drei Uhr war alles umsonst, und vor Entsetzen, als sie den Plünderern wich, schoß ihr das Wasser heraus. Wäre der Nickl dagewesen, wären die Plünderer gegangen an seinen Nerv, leicht hätte es Tote gegeben und ihn nicht zuletzt.

Die Plünderer hatten einen sechsten Sinn, wo es was zum holen gab, sie wußten Bescheid. Sie hatten sich lang drum gekümmert und sich nichts anmerken lassen, sie wohnten ja unter uns. Sie hatten nur noch gewartet auf jenen Tag X, den man ihnen vor der Nase herumzog. Für sie war er anders gekommen.

Die Besatzer legten uns den Maßstab an nach ihrem eigenen Land, da konnte nichts passen. Auch das gehörte zur Drangsal, und wir hatten die Schuld und hatten die Drangsal verdient, doch nicht alle, auch Opfer waren darunter.

Viele wunderten sich, was die Propaganda alles anrichten kann, ja waren sie blind? Man nannte ihnen die Greuel mit Namen, da war es erschreckend klar, da schlugen sie an die Brust. Zuvor hatte man es anders gehört. Und doch war ein panischer Schrecken vor dem Lager verbreitet, woher dann die Panik? Sie hatten es nur nicht wahr haben wollen. Ja, leuchtete es ihnen ein, aber jetzt passen wir auf, gleich im Anfang passen wir auf! Wie lang leuchtet ein Licht? Wann wird es Nacht? Woran erkennt man die Nacht? Wer streut Sand in den Blick?

Der Zahltag kommt immer. Auch um den Männerturnverein und sein Quartier lungerten die verdächtigen Gestalten. Das Quartier war noch unversehrt, weil der Ami dauernd durchs Eingangstor fuhr, auf dem Sportplatz wurden die gefangenen Soldaten gesammelt. Sie saßen im Regen am Bo-

den, und als ich bloß hinschaute und dachte, die Männer werden so naß, brüllten schon die Amis mich an.
Das Quartier mußte geräumt werden, der ganze Luftschutz packte. Ich hätte es von niemand erfahren, lief ich nicht her und trieb mich nicht ein Instinkt. Seine Anzüge rettete ich zuerst, mit denen rannte ich durch das Tor, die Amis brüllten von Lastwägen auf mich herunter, ich nahm mir die Zeit nicht zum Hören, schon das war gefährlich, verhaftet war einer schnell. Ein Gedanke beherrschte mich, wie bringe ich seine Zigaretten aus dem Quartier, die ich doch fahren und zudecken muß?
Ich mußte mir einen Handwagen verschaffen und trieb keinen auf, ich hatte gar nicht soviel Zeit. Endlich kriegte ich was, eine Kiste auf Rädern. Bei jedem Zug voran beschrieb sie einen Halbkreis statt der Geraden und sperrte quälend den Weg, war doch besser wie nichts, auf dem Arm brachte ich die Kartons nicht fort. Und so quälte ich mich ins Quartier, traf die Männer noch an. Jeder klaubte, was er hier ausgelagert hatte, zusammen.
Die Kameraden hatten sich nicht vergriffen an den Zigaretten, insofern hatte ich richtig getippt. Aber sie hatten dem Rauch, der in ihrer Reichweite war, doch Augen gemacht, er war eine große Versuchung für sie. Als ich ihn wegholte, wollten sie nicht von ihm lassen und sie keilten mich ein, die ganzen Männer hatte ich um mich herum. Sie verlangten kurz und gut, daß ich die Kartons aufbreche, sie waren fabrikverschlossen.
Die ganzen Zigaretten sollte ich unter sie als die Kameraden verteilen, gegen Bezahlung natürlich, »sonst holt sie ja doch bloß der Ami«.
Eine summende Erwartung kam von ihnen wie ein Ring, der mich umschloß und mich drückte. Ich hörte was läuten in mir und weigerte mich instinktiv. Am liebsten wären sie hergefallen über den Rauch, und wenn ich ihn verweigerte, dann über mich, es fielen Worte.
Draußen war das Besatzungsrecht schon angeschlagen, so kleingedruckt und so lang über soviel Spalten hinweg, daß ein einsamer Rechtsanwalt, der sich seinen Stuhl mitgebracht

hatte, den ganzen Tag vor dem Recht saß und las. Die Bevölkerung kriegte das Recht nur in den großen Zügen mit und tappte schon aus Unkenntnis hinein. Es sprach sich herum nach und nach, was alles verboten war, und immer das, was am dringendsten nottat, es gehörte zur Drangsal.
Ich handelte nur korrekt, zog mir den Haß und die üble Nachrede zu. Ich hatte einzig den Nickl im Sinn, die Zigaretten gehörten doch ihm. Er hatte sie mühsam auf Punkte, daran vergriff ich mich nicht. Ich konnte mir nicht einmal denken, daß ich sie aufriß. Ich blieb hart und steckte die Bemerkungen ein. Ich war von lauter Anständigkeit wie besessen. Vielleicht war es dumm von mir, aber nein, es konnte nicht dumm sein.
»Die Zigaretten muß ich dem Mann erhalten.«
»Wer weiß, ob der überhaupt noch kommt?«
»Nein, ich vergreife mich nicht.«
»Was bei der Schwägerin war, ist doch auch schon zum Teufel.«
»Um so schlimmer. Um so mehr kommt es auf das Wenige an.«
»Gehören sie ihm überhaupt? Das wird doch alles beschlagnahmt.«
»Mir jedenfalls gehören sie nicht.«
»Sie bringen die Zigaretten gar nicht heim. Das Gesindel wird Sie überfallen.«
»Das müssen wir sehn.«
Mit den Klauen hätte ich sie verteidigt, ich mußte dem Nickl die Zigaretten erhalten. Ich machte die Männer bitter, konnte ich was dafür? Es war mein Mann, der sich auf mich verließ.
Ungerührt zerrte ich die Kartons durch das Tor, und die Amis brüllten mich an. Ich ging nicht gern allein, und ich mußte es tun, lungernde Gestalten folgten mir schon. Die Ware hatte ich zugedeckt, daß man nicht den Inhalt erriet. Dann kamen neue Amis, sie waren mein Glück, dann kamen die Deutschen, lauter Frauen, sie schoben Räder hochbepackt. Sie hielten sich weislich auf einen Haufen zusammen, und ich hielt mich dazu mit meiner Rarität, die einen Halbkreis beschrieb statt der Geraden, ich hatte zu tun, daß ich mitkam,

Blasen hatte ich schon an der Hand. Wir wurden nicht angegriffen, und an der Wohnung trennte ich mich, ich wäre nicht viel weiter gekommen.
Die Zigaretten hatte ich da, das war gar nicht so einfach. Weil man leicht einsteigen konnte und weil ich Angst haben mußte, man werde sie stehlen, versteckte ich die Zigaretten in einer Holzlege im Anbau, das Haus war seltsam gebaut, jede Wohnung lief in den Anbau hinaus. Ich legte die Zigaretten auf den Boden, den ich ausgeräumt hatte, alles Holz schüttete ich obendrauf. Ich hatte getan, was ich konnte.
Vor den Plünderern hatte ich die Ware gerettet, jetzt kam die Not amtlich, es begann mit einer Verfügung. Die Tabakwarenhändler mußten zum 19. Juni sämtliche Ware anmelden. Die Aufforderung ging bei der Schwägerin ein, auf deren Namen das Geschäft gemeldet war und die mir nichts sagte, ich wußte nicht einmal was davon. Die Schwägerin kannte meinen Bestand.
Den Stichtag warteten sie gar nicht ab, auf den Behörden brauchte man Zigaretten schon jetzt.
Den siebzehnten Juni habe ich mir gemerkt, an der Wohnung läutete ein Mann, der mir ins Gesicht wisperte, als lausche das ganze Haus, und der seinen Ausweis als Kriminaler herzeigte. »Haben Sie Zigaretten in der Wohnung?« – »Ja, zwei Kartons,« sagte ich wie ein Kind, ich verheimlichte nichts, der Mann kam vom Staat. – »Wo sind sie?«
Der Mann hatte seinen Ausweis gezeigt, was konnte ich machen? Ich holte den Schlüssel, räumte unter seinen Augen das Holz und die Säcke weg, als feiner Mann stand er daneben. »Aha! Warum sind die versteckt?« – »Ich hab vor den Plünderern Angst, weil man in die Wohnung einsteigen kann.« Den Mann interessierte das nicht. »Tragen Sie sie nur vor ins Zimmer.«
Der Mann hatte einen Ton an sich, der sich für mich nicht reimte, mein Gewissen war rein. Er ging um die Kartons herum, prüfte den Firmenaufdruck und den Verschluß, der Mann zitterte direkt vor Gier. Ich kam nicht auf die Idee, daß er vor einer schwierigen Aufgabe stand, die er lösen mußte um jeden Preis, die Zigaretten ließ er nicht aus.

Da stand ich und hatte nicht einmal Angst. Froh war ich, daß ich mich geweigert hatte im Luftschutz und die Zigaretten nicht unberechtigt verteilte, einen Strick hätte man mir daraus gedreht.

Der Mann hatte die Beute schon vor der Nase, mußte sie doch erst ergattern, dazu mußte er mich straffällig machen, und wenn er es aus den Fingern sog. Zigaretten herbeizuschaffen, das war sein Auftrag, sie wurden weitergeleitet an die politisch Verfolgten, für die Polizei fiel was dabei ab.

»Haben Sie sonst noch wo Zigaretten?« – »Bei meinem Vater in der Werkstatt.« Aber das wußten sie schon, die Polizei wußte alles. Ich hatte wieder nicht geleugnet, der Mann tat sich hart.

»Haben Sie sonst noch wo Zigaretten?« – »Nur meine eigenen.« – »Was heißt Ihre eigenen?« – »Ein paar Schachteln auf meine Punkte, die habe ich gespart.« – »Wie kommen Sie darauf, daß die Ihnen gehören? – »Was andere auf ihre Punkte haben, gehört ihnen auch.« – »Ihnen gehört überhaupt nichts privat.«

Das war eine Ungerechtigkeit, die mich aus der Fassung brachte, zum erstenmal war ich verwirrt. Ich mußte ihm die paar Schachteln bringen, ich verachtete ihn dafür. »Haben Sie sonst noch wo Zigaretten?« – »Ich habe sonst nichts.« Das war ein großes Wort für den Mann, damit fing es an. »So – jetzt führen Sie mich dahin, wo Ihre eigenen waren.«

Der Mann behandelte mich als Verbrecher, ich führte ihn mit gutem Gewissen, zu verbergen hatte ich nichts. Er stocherte ein wenig, und dann gab es mir einen Schlag. Im Kasten stand ein Luftschutzkoffer, ein paar Zigaretten noch vom Nickl darin, auf die hatte ich glatt vergessen, sie gehörten mir nicht. Wie es schon sein will, der Koffer klaffte mit einem Spalt, und oben auf der Wäsche, wie ich die Schachteln hineingeschmissen hatte, schier unbewußt zwischen Angriff und Angriff, lagen sie noch darauf und leuchteten, wenn man hinschaute, mit ihren Farben heraus.

Sie waren Schwund, sie waren gesetzlich, wenn auch nach dem alten Gesetz, aber von denen hatte ich nichts gesagt. Ich

hatte soviel getan in den Wochen, aus Höhlen wieder Zimmer gemacht, der Koffer ging mich nichts an, solang der Nickl nicht da war, der hatte noch Zeit. Ich hatte die Schachteln einfach vergessen. Aber wer würde mir glauben? Wie war mir das bloß passiert? »Und hier?« Vor Entsetzen brachte ich kein Wort heraus.
»Da ist Wasch drin,« sagte er mir vor. Ich Närrin widersprach dem Mann nicht und glaubte, er habe eine menschliche Regung, ich schwieg. Flammend hätte ich widersprechen müssen, mein ganzes gutes Gewissen war weg und schützte nicht mehr, und jetzt machte er mich fertig.
Vom Koffer sagte er nichts, er war so raffiniert. Andere Dinge fragte er kreuz und quer, verwickeln sollte ich mich, er überfiel mich mit Behauptungen, die ich leidenschaftlich bestritt, quälte mich mit Unterstellungen, die Kartons z. B. hätte ich nur versteckt, weil ich sie am Stichtag nicht angeben wollte, und dann schlug er zu.
»Umsonst sind Sie nicht angezeigt worden. Gegen Sie liegt eine Anzeige vor.«
Das war ein Tiefschlag für mich. Eine Anzeige führte direkt ins Lager noch bis in die jüngste Zeit, eine Anzeige bedeutete, man war die verlorene Person, gegen die jedes Mittel erlaubt war, der man es schon besorgte, und da waren wir auf der gleichen Ebene wie zuvor.
Der Boden unter mir wurde plötzlich sehr schief, denn da war die Angst wieder, die alte, die mich nicht unter dem Hitler verließ. Es war nicht schwer, auf den Grund zu kommen, auf dem lauter bitterer Bodensatz lag, soviel lag nicht darüber. Es war der alte Schrecken, der mich untergrub, er hatte gegraben zu lang. Ich war in eine hoffnungslose Defensive gedrängt, ich verteidigte mich noch immer.
Ausgerechnet mit mir fingen die Haussuchungen an in der Stadt, ich war die erste Geschäftsfrau, die man zum Sündenbock machte, aber wofür? Ich verstand überhaupt nichts mehr, der Nickl war nicht bei der Partei.
Zwangsweise hatten sie ihn in die Waffen-SS gesteckt, als sie ihn im Februar nach Fürstenfeldbruck überstellten, anderen Kameraden vom Luftschutz ging es nicht anders. Es war nur

ein Kunstgriff, um die wahre SS zu verschleiern, das Mal am Arm hatte er nicht. Einen Verhau wollten sie machen, in dem man sich nach dem Krieg nicht mehr auskennen sollte. Es war eine Riesengemeinheit, jedoch sie war bekannt.
Ich wurde zur Zielscheibe und wußte nicht wie. Gleich bei uns im Haus handelte eine mit Wein, auf die kamen sie nicht. Ich handelte mit gar nichts, mich holten sie, weil ich durch meinen Mann ein Scheinwerfer war. Sein Umsatz hatte das böse Blut gegen die Firma gemacht, wieso war die Firma ich? Es war ein Witz, aber ein schlechter, so wie ich in den zwölf Jahren lebte. Für den Mann hielt ich den Kopf hin.
Und weil ich niedergebrochen war durch zwölf Jahre Angst und mußte mich in Jahren erst wieder fangen, brachte der gewesene Sträfling oder was er nun war, aus mir heraus, daß ich einmal ein halbes Pfund Butter genommen hatte für meine eigenen Zigaretten, das war noch unter dem Hitler. Das hätte ich nie zugeben dürfen, weil das Subjekt den Hitler dabei unterschlug.
Das Subjekt hatte jetzt einen Griff und stellte es so hin, als hätte ich schwarzgehandelt unter dem Ami entgegen dem Besatzungsstatut. Das Subjekt beschlagnahmte alle Zigaretten, jemand würde kommen, sie holen.
Der Mann hatte keinen guten Leumund, wie ich später vom Nickl erfuhr, und gehörte zu den berüchtigten Brüdern, die sich nachts in den Anlagen versteckten, die Pärchen mit Taschenlampen aufscheuchten, sie dann erpreßten, wenn es ein Verheirateter war. Polizei durfte sich so was nennen. Der Auswurf war nach oben geschwemmt, Kriminelle gaben sich aus für politisch Verfolgte. Von den Elementen, die sich eingeschlichen hatten, mußte man die Polizei erst wieder säubern.
Die Wohnung wurde vielleicht beobachtet, ich wußte es nicht. Ich wartete stundenlang. Dann ging ich zu meinem Vater hinüber, dort waren die Zigaretten inzwischen geholt.
Ich war nicht daheim, als die Polizei den Gang untersuchte, die Untermieterin machte den Männern auf. Sie nahmen die Zigaretten mit von der Stellage, die der Nickl versteckt hatte vor mir, von denen ich jetzt erst erfuhr. Das war noch was,

was mir kein Mensch glaubte. Mit groben Drohungen gingen sie fort, brühwarm wurde es mir berichtet. Ich war schon so weit, daß ich lachte.
Es kam mir so unerwartet, ich konnte es einfach nicht fassen. Denn jetzt wurde es anders, die Hoffnung trug mich dahin, die Füße wurden mir leicht. Ich fühlte mich ja wieder sicher. Die Freiheit zog mir wie die Morgenröte herauf. Mensch durfte ich wieder werden, der Druck würde von mir genommen. Jetzt kam der Ausgleich, die Gerechtigkeit kam, es würde mich tragen. Der schöne Wahn läutete in mir wie Glocken. Ich hungerte gern, das alles machte mir nichts, ich sah mich wieder hinaus. Der Schock war so unverhältnismäßig, weil er mich auf dem Wendepunkt traf. Zum erstenmal fürchtete ich keine Gefahr.
Ich grübelte lang, wer mich so hinhängen konnte und wer so mein Feind war. Wem in aller Welt hatte ich was getan? Ich kam nicht darauf. Es war eine merkwürdige Zeit, hinhängen konnte einen jeder, auch wer nur neidig war und wer es einem nicht gönnte, daß der Wind sich doch einmal drehte. Jede Anzeige wurde genommen. Jeder konnte schießen auf jeden, der Abschaum nützte es aus.
Man benannte mir jemand später einmal, auch dann wußte ich nicht wofür, wenn es nicht um die Wohnung ging, die dann leerstehn würde, aus der man mich am liebsten vertrieb.
Es war noch anders, das Geschäft hat nach mir gebissen, ich war so konträr. Wo immer sich eine Gelegenheit bot, biß es nach mir, immer an den entscheidenden Punkten, daß es schon unheimlich war. Niederbrechen wollte es mich. Es verzieh mir nie, daß ich konträr war.
Der Nickl kam aus Hamburg zurück und konnte sich nicht hineindenken, wollte auch nicht. Er schimpfte auf seine Schwester und mich. Er hätte alles ganz anders gemacht.
Er war hergefahren, hatte von nichts was gewußt, ausradiert konnten wir sein. Seine Sorge, ob noch was stand, hatte im Nu sich gelegt, und jetzt hätte alles sein müssen wie zuvor, wir waren ihm die Verantwortlichen dafür.
»Ein Ton, daß der Sau graust,« sagte er von der Front, hier gefiel es ihm auch nicht. Er hatte immer noch was vor sich

gehabt, zurück kam er als ein Enttäuschter. Man hatte ihm aufgepackt im Luftschutz, da galt er für einen guten Mann, und er hatte sich aufpacken lassen, so warm im Haufen.
Wie tapfer war so ein Mann? »Wenn einem die brennende Decke herunterkommt,« konnte er seinem Schützling erklären, »geht man deswegen noch lang nicht aus dem Zimmer, wer würde denn löschen? Natürlich will man hinaus, das muß man unterdrücken –« und der Schauder kam durch seine Stimme gekrochen. Denn das war einer, der wirklich drin war und der nicht weglief aus solchen Zimmern, das war dieser vergewaltigte Mann. Nun war er bitter enttäuscht. Wofür war alles gewesen?
Wie tapfer war so ein Mann? Er hatte nach den Höllen die anderen jedesmal noch heimgefahren von Nürnberg, von Augsburg, von München, als strenge es ihn nicht an, da war er im Haufen. Die Scheinwerfer mußten dunkel bleiben und zweimal strengte es an. Die anderen hatten geschlafen, ihr Leben in seiner Hand, er konnte den Arm kaum heben. Dann waren sie von Ost nach West durch das breite Deutschland gelaufen, und noch war er im Haufen und noch war er ein guter Mann.
Aber jetzt war er fertig und wog hundertundvier Pfund, normal hatte er fünfzig Pfund mehr, die ganze Überspannung kam jetzt heraus, er ging hoch beim geringsten Wort. Das Messer war schon an seine Kehle gesetzt, er mochte es dunkel spüren. Er wurde nie mehr, was er einmal war. Aber dann mußte er eine Frau haben, die ihn im Handel ersetzte. Die Kundschaft hatte was gegen mich. Das war sein Problem. Ich war so konträr.
Er war nicht mehr im Haufen. Er wollte sich heraushalten aus dem verlorenen Krieg. Er hatte einen sturen Standpunkt mitgebracht, er wollte nichts tragen, er wollte es einfach nicht, er hatte überhaupt keine Geduld mehr.
In Hamburg hatte es alles gegeben, er wunderte sich über hier, »ein paar Pfund Zucker hätte ich mitbringen sollen«. Und dann wunderte er sich immer mehr. Ich wurde zum Verhör geholt auf die Polizei und gleich dabehalten, das war sein Empfang. Der vernehmende Beamte hatte selber

nicht an die Verhaftung geglaubt, im guten Glauben ging er zum Chef. Wie vor den Kopf gestoßen, kam er wieder herein. Es war unnatürlich.

Der Nickl beschwerte sich beim Bürgermeister, den der Ami eingesetzt hatte, der fuhr ihm über den Mund. »Wenn Sie nicht augenblicklich still sind, lasse ich Sie auch noch verhaften.« – »Das geht doch nicht gut,« sagte der Nickl störrisch, »ich war ja nicht einmal da in der fraglichen Zeit.«

Was konnte man wollen von einem Mann, aus dessen Mund schon der Ausspruch umlief: »An dem interessiert mich nur sein Ring.«

Noch gab es den Polizeichef. »Eine Klosterfrau ist eine Schwarzhändlerin gegen meine Frau,« suchte der Nickl ihm zu erklären, »darum ist es ein Witz.« Der Polizeichef sah nicht den Witz. »Drücken Sie den Daumen auf Ihre Frau!« verlangte er rüde, als traue er mir für die Zukunft jedes Verbrechen zu und für die Vergangenheit auch.

Der Nickl schüttelte bloß mehr den Kopf. Aber wäre er dagewesen zuvor, sie hätten schon was aufgebracht gegen den Nickl, denen war es nur um den Zugriff zu tun. Er machte sich für sie bezahlt. Der Nickl überzeugte sich durch den Augenschein, es gab ein Mittel dafür.

Seine Schwester hatte die Zahlen wohl aufgeschrieben, als sie die Ware mir übergab, wußte nicht mehr, welches die Großpackungen und welches die Kleinpackungen waren. Weil es so streng ging, als käme einem der Kopf herunter, und weil sie das für die Bestandsaufnahme angeben mußte, ersuchte sie auf der Polizei darum, daß man ihr die Ware einen Augenblick zeigte, damit sie ihre Zahlen verglich. Sie hatte zum Zeugen den Nickl dabei.

Da konnten beide gleich darauf aufmerksam machen, daß vom beschlagnahmten Gut ein ansehnlicher Teil bereits fehlte. »Da hat wer was herausgenommen. Die Kartons waren fabrikverschlossen, als die Polizei sie holte.« Sie rechneten den Beamten das inzwischen Fehlende vor, denen wurde das Gesicht so lang. »Das waren eben die Prämien,« schnitten sie ihnen das Wort ab.

Der Polizist, der die Kartons gezeigt hatte, bekam einen

Mordsrüffel hinter der Tür. Der Nickl und seine Schwester grinsten sich an, sie hörten den Rüffel mit.
Das waren die beiden Deutschen, die darüber bestimmten, blieb nur noch der Ami. Und wenn an diesem einzigen Tag nach dem Krieg mein Bruder nicht von München gekommen wäre, ohne daß er was wußte, wenn er nicht ein Gesuch aufgesetzt hätte in seinem guten Englisch, meine Vorgeschichte erklärte, ich hätte mich fressen lassen müssen von den Wanzen des heiligen Sebastian. In der Sebastianstraße lag das Gefängnis, der Volksmund hängte es dem Heiligen hinauf als sein Hotel.
Das Gesuch überreichte der Nickl persönlich, er hielt sich damit für gefeit. Aber jeder Ami, der das Gesuch in die Hand nahm und was von angeblichem Schwarzhandel las, legte es auf der Seite wieder ab, als habe es ihn versengt. Ein gerüttelter Vormittag verstrich, ich war den zweiten Tag im Gefängnis. Der Nickl konnte in einer fremden Sprache nichts sagen, hielt nur jedem, der hereinkam, sein Papier unter die Nase, auf daß es wirke.
Weil er einfach nicht wich, so hartnäckig wie in Stummheit gebannt und auf die Zauberformel schwor in der zeigenden Hand, fand sich einer doch, der sich ihm stellte. Das Papier wanderte zur Bearbeitung hinaus. Das Gesuch wurde am gleichen Tag noch genehmigt.
Hinter den Gittern rechnete ich mit nichts. Ich richtete mich ein auf das halbe Jahr, das der Aufseher mir prophezeite. Die Nacht wurde lang.
Keine wollte zugeben, daß die Wanzen stachen in dem alten Gefängnis. »Aber nein,« widersprachen sie, »hier sind doch keine Wanzen,« dabei rieben sie die ganze Nacht und sie seufzten. »Seid ihr nicht noch blöder, daß ihr euch ziert,« nagelte ich sie fest, »also mich haben sie die ganze Nacht elend verstochen.«
»Es gibt keine, man hat desinfiziert,« behauptete eine große träge Person. Sie log sogar mit dem Kopf, den sie in ein Seidentuch einband, auch bei Nacht kam es nicht herunter. Man hatte ihr gleich am ersten Tag das Haar abgeschoren, um sie zu entstellen. »Aber jetzt wird einem das Haar nicht mehr

geschoren,« versicherte sie. Soweit hatte ich noch nicht einmal gedacht.

Sie war am längsten da von allen, hatte eine kleine Völkerwanderung gesehn, zu erzählen wußte sie nichts. Sie schimpfte auf den Vater, den Säufer. »Der hat mich hereingebracht, daß er schlafen kann mit seinen Mädchen, dem bin ich im Weg.« Der eigene Vater hatte sie angezeigt am ersten Tag, der Mann war gelaufen.

Eine K-Zetlerin, welche die Sperrstunde übertreten hatte, nahm es gelassen und wußte, nach der Verhandlung kam sie wieder frei, man hatte ihr die Uhr weggenommen im KZ, das war ein gültiger Grund.

Das sechzehnjährige Mädchen, das zusammen mit der Mutter Holz holen wollte im Wald, wurde von der amerikanischen Streife geschnappt. Eine von beiden nahmen die Amis nur mit und stellten sie vor die Wahl, da war das Kind für seine Mutter gegangen. »Dabei hatten wir nicht einmal Holz, aber wir hatten ein Beil.«

Die junge Person war beinahe freiwillig hier. »Die Soldaten haben mir vorgeschlagen mit ihnen zu schlafen,« kam sie heraus mit dem Trumpf, »und das sage ich dem Gouverneur, dann läßt er mich frei.« Ich war skeptisch. »Der Gouverneur wird darauf nicht einmal hören, weil kein Deutscher einen Ami beschuldigen kann.«

»Der Gouverneur haßt die Deutschen,« wußte die mit dem eingebundenen Kopf, »ich hasse die Deutschen, hat er zu mir gesagt auf dem Gericht.« Er hatte dafür einen Grund, man hatte ihm die Familie durch den Schornstein gejagt.

Die Junge genoß die Umstände und war ein Lichtblick da herin. Sie war noch ein halbes Kind, zum erstenmal nahm man sie für voll, das war ihre Auffassung vom Eingesperrtsein. Sie konnte Luftsprünge machen auf ihrer Pritsche. Die Mutter schickte ihr einen Kuchen herein, das Gefängnis ließ ihr den Kuchen.

Der amerikanische Wachsoldat warf ihr durch die Klappe in der Tür eine Orange hin. »Fang!« – »You are lovely,« sagte sie dem Ami durch die Klappe hinaus. Sie fragte mich, was schön heißt auf englisch, sie wollte den Wachsoldaten

durch das Guckloch so nennen. »Ich bin die Jüngste und die Schönste von euch allen,« sagte sie naiv.
Sie war auf der Kippe zwischen unverdorben und leicht. Sie war so lebhaft, alles schnappte sie auf. »Der Wachsoldat spitzt sich auf mich,« wußte sie schon, es ging ihr herum im Kopf. »Aber meinst du, ich tue so was!« rief sie entrüstet. Der Wachsoldat wollte sich mit ihr anfreunden, aber erst wenn sie draußen war aus dem Gefängnis. Wir sahen die Blüte, so wie jetzt würde sie nie wieder sein.
Die Neue, der man die Tür aufsperrte, mußte mit dem Arm in Gips schon zum zweitenmal herein. Ein Verschleppter wollte sie vergewaltigen in den drei Tagen, als die Stadt der Wut freigegeben war, da war sie vom ersten Stock aus dem Fenster gesprungen und brach sich den Arm.
Wegen einer Lappalie war sie zu drei Tagen Putzen auf der Polizeiwache verurteilt, die Polizei bekam keine Leute dafür. Sie hatte sich eingefunden zur schweren Arbeit auf der Wache, und als sie den Dreck in seiner Wirklichkeit sah, weigerte sie sich mit dem gebrochenen Arm. Sie wurde gleich wieder verhaftet, der Aufseher tippte auf ein halbes Jahr. Solche Offenbarungen entschlüpften ihm nur beim Empfang.
Eine einzige erkennbar Kriminelle saß in dem Raum, von ihr rückte man ab. Sie hatte geplündert und war deutsch. »Etwas haben sie doch nicht gefunden,« weihte sie uns alle ein, im Triumph stieg die Stimme, »etwas habe ich doch hinübergebracht!« Blitzgeschwind zog sie die langen schwarzen Spitzenhandschuhe über den Arm, genußvoll stellte sie die Hände in die Luft und krallte sich mit den Augen hinein. Diese mußte stehlen, es befriedigte sie. Sie hielt uns für Spießgesellen.
Die meisten hätten ohne das Besatzungsstatut das Gefängnis nicht von innen gesehn. Darum wirkte der Franziskaner der auf seinem traditionellen Besuch im Gefängnis die Gewissen wachrütteln wollte, wie der Mann vom Mond. In uns rührte sich nichts, natürlich machten wir ernste Gesichter. Aber wir fühlten uns nicht kriminell. Er forderte uns zum Beichten auf, wir blieben hart. Er warnte uns vor der Negersyphilis, als stünde sie uns direkt bevor. Nichts als Kälte strömte ihm entgegen.

Aus der Untersuchungshaft konnte ich entlassen werden, aus dem Verfahren nicht. Und doch mußte ich nicht aufs Gericht. Daran war die Donau schuld, seine trüben Gedanken wollte der Nickl waschen. Wie immer schon ging er zum Schwimmen.
Noch war er am Ufer, die Gedanken ließen ihn nicht gleich ins Wasser hinein, vor ihm badeten die Deutschen. Weiter droben waren die Amerikaner im Fluß, er hatte eine schlechte Vorliebe für Amerikaner in dieser Zeit. Es nahm ihm schier die Lust, in den Fluß zu gehn, er schaute feindlich den Wellen entgegen. Etwas störte ihn daran, in seinem Unterbewußtsein rührte sich was.
Ein anderer hätte es vielleicht nicht bemerkt, bei dem alten Rettungsschwimmer zuckten alle Signale. Den Fluß herunter trieb eine gelbe Blase, die verschwand und im Hochtauchen sich wieder zeigte, still versank, still sich zeigte. Über eine ganze Strecke schaukelte sie hinweg, Verschiedene schauten gebannt. Das war ein Ami, nicht anders.
Die anderen Badenden ließen ihn durchschwimmen, keiner wagte sich hin. Schon die Amerikaner hatten ihn fortschwimmen lassen. Der Nickl warf sein Zeug weg, lief flußab und kam mit seinem Hechtsprung noch eben zurecht, als die gelbe Blase herantrieb, der Mann war schon wieder versunken. Der Nickl wußte den Platz und tauchte, fachmännisch zog er ihn heraus. Noch schaufend fing er mit den Wiederbelebungsversuchen an am Hang, hundertmal hatte er es schon gemacht.
Die Amerikaner hatten es kaum bemerkt, kehrten sie die Besatzung heraus. Einen Landsmann vor ihm zu retten, stürzten sie im Laufschritt heran. Sie stießen den Nickl von dem Ertrunkenen weg, als wäre Körperverletzung das Nächste, was er ihm zufügen wolle. Der Nickl fand es ungezogen. Zuvor hatten sie sich nicht drum gekümmert.
Der Nickl hätte einen jeden herausgezogen, das gab es für ihn nicht anders. Der Ami war nicht einmal gefährlich, ein Bewußtloser umklammert einen nicht mehr, so daß es nur noch ein Mittel gibt, den Tritt in den Magen, wenn das überhaupt geht und wenn beide davon kommen sollen. Es war keine Notwehr, der Nickl hätte gar nichts daraus gemacht.

Aber dann wurde der Ertrunkene mit dem Jeep ins Krankenhaus gebracht, im letzten Moment kam ein Ami gelaufen und ließ sich seine Adresse geben. Da spielten bei ihm die Gedanken. Er war schon fast entschlossen, daraus einen Nutzen zu ziehn, vielleicht das einzige Mal, die Umstände waren ja auch danach.
Er suchte den Ami im Krankenhaus und wollte wissen, ob sie ihn durchgebracht hatten. »Den, der gestern ertrunken ist,« sagte er einfach, »ich habe ihn herausgezogen.« Es war keine begeisterte Aussprache, der Nickl konnte nicht englisch, der Ami nicht deutsch. Der Ami konnte sich nicht wirklich vorstellen, daß er ohne den Nickl nicht lebte, davon wußte er nichts.
Da schätzte der amerikanische Arzt, der den Ertrunkenen versorgt hatte, die Tat schon besser ab. Die Schwelle war schon überschritten, der Retter nur hatte den Mann zurückgezerrt dorthin, wo es den Atem noch gibt. Er versprach dem Nickl, er werde vom Gouverneur eine öffentliche Belobigung erhalten. »Ich will keine Belobigung,« sagte der Nickl geladen. »Die sollen meiner Frau nicht so übel mitspielen, wo sie gar nichts verbrochen hat.«
Da fragte der Arzt ihn aus und schrieb es sich auf die Manschette. Er machte ihn darauf aufmerksam, daß das Recht nicht verdreht werden konnte, und das meinte der Nickl eben, das Recht. Nur meinte er das deutsche Recht, so kamen sie nicht ganz zusammen.
Der Nickl bat sich als Gunst aus, daß er selber hinging zur Verhandlung und daß man der Frau die Verhandlung erließ. Er wollte die Schwester als Zeugin mitbringen. Wieviel Zigaretten es waren, wußte die Schwester besser als ich.
Der Nickl traute es sich zu, vor Gericht werde er damit fertig, mir traute er nicht. Aber durch die fremde Sprache war ihm alles vernagelt, damit hatte er nicht einmal gerechnet. Er sagte einen langen Satz zum Beispiel, der Dolmetsch tat den Satz mit zwei Worten ab, nie und nimmer konnte es stimmen, da brauste der Nickl auf. Er hätte beinahe alles verdorben.
Er hatte fleißig Unterschriften bei den Kameraden im Luftschutz gesammelt und legte eine eidesstattliche Erklärung vor,

daß ich den Schwarzhandel verweigert hatte, das waren die Zeugen dafür. Die Männer hatten das gar nicht so gern unterschrieben. So was brachte der Nickl fertig, es war eine ganze Seite mit Namen. Von den Unterschriften hatte er sich alles versprochen. Das Gericht beachtete das Blatt nicht einmal beim Verhör, das regte ihn auf.
Sie konnten ganz und gar nichts mit ihm anfangen auf dem amerikanischen Gericht, schlecht wäre es ihm ergangen. Nur weil er den Ami gerettet hatte, erzeigte man ihm Geduld. Da traf seine Schwester schon eher den Ton, der Amerikaner wandte sich dann immer an sie.
Weil von den mir übergebenen Zigaretten nichts fehlte, konnte das Verfahren niedergeschlagen werden. »Ja, bitte tun Sie das!« sagte die Schwester erlöst, sie stieß den Bruder an, daß er sich einverstanden erklärte. Der Nickl gab seine Einwilligung nur, weil er sich fügen mußte ohne tausend Worte Englisch, er hätte sonst schon was erzählt.
Aber er hatte ja nicht die Niederschlagung des Verfahrens gewollt, sondern den Freispruch. Seine Zigaretten wollte er wieder. Es dämmerte ihm, daß er sie nie bekam. Sie blieben beschlagnahmt, wurden auch nicht bezahlt.
Es ließ sich an, als hätten die Deutschen Rache geheult, ich verstand kein Wort, sie mußten ihn ganz schön hingehängt haben. Der Bürgermeister ließ vom Möbelkommando Möbel abholen. Es waren die Deutschen, es waren immer die Deutschen.
Mit aller Aktivität hatte der Nickl nur erreicht, daß ich nicht eingesperrt wurde, das war ihm zu wenig. Er hatte schon auch auf seine Ware gezielt. Es freute ihn nicht, und es nahm überhand. Seine Einstellung kehrte sich um, ohne daß ich was dazu tat.
Er war so schwankend, auf einmal ließ er sich gehn. Im Anfang hat er es noch gewußt: »Das Ganze richtet sich nur gegen mich, weil die Konkurrenz ein- und ausgeht beim Bürgermeister, die mag mich ganz schön hingehängt haben.« In den Rücken gab er mir einen Freundschaftsstoß. Schier prahlte er damit. »Nur weil ich nicht da war, haben sie sich an dich gehalten.«

Nachher hatten verschiedene Händler Zigaretten zu verkaufen, wir aber nicht. Andere hatten was hinten und zogen die Kundschaft ab, wir hatten nichts hinten. Das verzieh er mir nicht, der ganze Groll entlud sich auf mich. Mit dem Schaden schwemmte es den Dreck hoch, er fütterte die Dummheit, es war so grotesk. Auf einmal wollte er es nicht mehr wahrhaben, daß ich für ihn der Sündenbock war. Er steigerte sich in eine richtige Strafaktion hinein und setzte mich aufs halbe Geld, er hatte einen herrlichen Grund, drei Jahre hielt er es durch.

Da war es blutwenig, ich schwieg verstockt, ich war ehrlich verletzt. Er ließ mich den Strick fühlen, und ich spürte den Strick, mich grauste. Ich wäre gern abgekommen vom Strick.

Eine Frau mit allen Wassern gewaschen hätte er gebraucht für sein Geschäft, die war ich nie, darum kreisten seine Gedanken. Viel Geld hätte ich haben müssen, ihn schadlos zu halten, so war es jetzt, die liebliche Auffassung hatte sich in ihn gesetzt. Er lökte gegen den Schaden.

Ich hätte es ihm abgenommen, das konnte ich nur mit dem Schreiben, ich war aus dem lebendigen Schreiben heraus. Es ließ sich nicht zwingen. Ein Elefant lag auf mir und bannte mich fest.

Was war sie für ein gnadenloses Brot, diese Kunst! Sie verlangte einem die Jugend ab, die Chance war mir schon genommen. Frei mußte man sein für die Kunst, einen Bettel schmiß sie einem her, trug aber nicht. Und jetzt war man im Alter, jetzt mußte sie tragen.

Es war nicht anders, als hätte man mir die Flügel gebrochen und zu mir sagte man, flieg! Aber Zeit gehörte dazu und der Umgang mit Büchern, die die richtigen waren, sonst lag man verkehrt, und die Freiheit vom Zwang.

Ich kam nicht an die Bücher heran und nicht an die Zeit. Ich hatte Arbeit als Pflicht, kein Geld dafür. Viel Sammlung hätte ich nötig gehabt, sie war zerschnitten. Freude hätte ich nötig gehabt, sie war vergällt. Ich war echt getroffen, es hatte mich in der Tiefe versehrt. Im Kopf entstand es so schwer, so war mir nicht zu helfen. Mich hatte es eben erwischt.

Wir lebten von dem verfluchten Dreck und waren in den

Entschlüssen nicht frei. Wäre ich gestorben am Krieg, die Wahl hätte er wieder gehabt. Er hätte gebleckt, noch unter Tränen gewählt, für den Laden eine, diesmal nur für den Laden. Die beiden Enden hätte er nicht mehr zusammengezwängt, sie schnellten doch auseinander, ein Leben lang ging es über die Kraft.

Ich sah es in seinem Aug, der Krieg hatte sein Problem nicht gelöst. Der Blitz hatte mich nicht weggefegt, das Erdbeben mich nicht genommen. Ein jeder konnte nicht aus seiner Haut.

Er war so schwankend, es mußte unbedingt was Höheres sein, was anderes konnte es nicht sein, und als er es hatte, riß er es herunter, als käme er zu kurz, und seine Engel weinten.

Ich hatte es mir zugezogen. Der Mann tilgte mich aus und half kein Schutzgeist dafür, nur die Hand schaute von mir noch heraus, und ich mußte versaufen. Keiner hatte es schuld, beide hatten es gleich schuld. Aber die Bestimmung war unausweichbar gesetzt, vielleicht starb ich darüber, dann starb ich auf dem Weg. Ach, Heinrich, es waren die eisernen Bande!

Er hätte besser alles verschlafen

Der Hofstetter Willy hatte viel Sommersprossen im Gesicht, sein Vater hatte sie auch. Beim Vater konnte man sie jetzt bloß nicht sehn, er war weit im Ural dahinten bei den Russen gefangen und kam so schnell auch nicht heim, ich bin noch gesund, schrieb er immer. Die fleckig grauen Augen hatte der Willy von ihm, von der Mutter hatte er äußerlich wenig. Es waren Augen wie von einem Tier, seltsam leer von innerem Licht, sie liefen und liefen, und alles trat von außen hinein mit schnellen wechselnden Schatten, das Nichts stand drinnen und saugte. Sein Schüppel Haar hing ihm ins Gesicht wie ein greller Strohwisch.
Der Willy war immer ein wenig geschreckt, wenn er gerade nicht schlief. Selbst aus dem Schlaf heraus fuhr er auf, einen rohen Laut schon im Mund. Die Mutter langte dann in sein Bett hinüber, damit er nicht losschrie, andere Menschen schliefen daneben, die Wohnung gehörte nicht ihr.
Seine Mutter war groß und warm, ein üppig gewährendes Fleisch, war eine Riesin von einer Frau, er war gleich gestillt, wenn ihre Hand kam. Die Kraft ging nur so von ihr weg, sie füllte ihn durch und durch aus.
Gescheit war er nicht, er verließ sich auf seine Mutter, der Willy. Sie war keine Strenge, außer wenn er die Schule schwänzte, dann bekam sie vom Lehrer einen mahnenden Brief. Sonst ging ihm viel bei ihr hinaus bis zum nächsten Gewitter. Dann war sie wieder ganz unbegreiflich mit ihm wie eine fremde Person, der er gleichgültig war. Sie wischte ihn einfach weg mit der Hand, und er war dann vergessen. Er mußte sich still und unbemerkt halten vor dem Besuch, der dann immer da war und der seine Mutter hofierte, er kam viel zu früh in sein Bett, das in der Kammer stand ganz am Ende vom Gang.
Immer dann bekam der Willy unbändig Durst und verlangte ein Wasser. Er bettelte um ein Wasser wohl an die sieben-

zigmal, daß man es den ganzen Gang hinauf hörte, stand aber nicht auf in seinem Hemd und holte aus der Küche wie sonst am Tag. Die Mutter selber mußte es bringen.
Schließlich brachte sie es ihm voller Zorn oder sie kam bloß herein und drohte heftig mit Schlägen, schlug aber nicht zu, die verschwenderische Gestalt, sie konnte nicht schlagen. »Schäm dich vor den anderen!« schrie sie ein auf das Kind und verschwand auf ihrem schiefen Pfad, das Gewissen nicht rein, für sie rein genug, etwas zog sie hinüber mit Macht. Der Willy stellte die Augen und horchte. Scheinbar war sie im Recht, er begriff es nicht ganz, sie ließ sich von ihm nicht halten.
Nie war sie allein, wenn sie den Willy verbannte, immer stand da ein Mann herum, und ein großes Gelächter war. Der Willy wollte sie wegbringen aus der Gesellschaft, darum bekam er ja seinen Durst. Ihm war, als müsse er stören. Er war ihr aber keine Hilfe mit dem Gesicht, das an einen anderen mahnte.
Ohne Männer konnte sie einfach nicht sein. Schon frühzeitig hatte sie heiraten wollen und es dann auch getan. Sie war ja nicht schuld daran, wenn der Staat so was machte wie einen Krieg, wenn sie samt Kind und Heirat allein war.
Man hatte ihr den Mann genommen mit einem schönen Spruch, sie gab nichts mehr auf die Sprüche. Alles Schwindel am Volk, der Staat ist der Ärgste, alles Vorschrift bloß für die Dummen! Hätte sie ewig Trübsal blasen und einen armen Hund machen müssen? Von denen gab es genug. Lieber hielt sie sich schon an das Lachen, auf die Gefahr, daß es dabei nicht blieb. Solang eine mittat im Leichtsinn, der wurde von Männern noch immer geholfen.
Was würde der Mann sagen dahinten weit im Ural? Wer da fort war und kam so schnell auch nicht heim, der sagte besser nichts, wenn er gescheit war. Sie ließ sich mit vielen ein, bis zur gewissen Grenze vielleicht, gab jedem recht in sein Gesicht, anschaffen durfte ihr keiner.
Anschaffen durfte der Mann, wenn er heimkam aus dem Ural. Das gehörte sich dann, weil er mit ihr verheiratet war und weil er dann sie ernährte. Bis dahin lebte sie auch und

lebte nicht gar so schlecht und besser gewiß als manche, die sich anhängen ließ am schönen, am gar einfältigen Band, sie bekam Zigaretten.

Ein Mann kam heim vom Ural, ging aber nicht sogleich zu seiner Frau. Er war auf einer kleinen Station der Strecke schon vorher ausgestiegen, nicht gar so weit von der Stadt. Zu Fuß konnte man hingehn in einem halben Tag, wenn man nur wollte, mit dem Fuhrwerk des Nachbarn hinfahren, von der Eisenbahn gar nicht zu reden. Der Verkehr schlief auf so kurzer Strecke nicht ein, man trug es wohl auch aufs Land mit Wort und Miene, was man in der Stadt drinnen hörte.

Geredet wurde gar leicht, von mancher Frau war es anstößig, wie sie es trieb. Das Wunder war nicht eben groß, wenn der Mann, der aus Gefangenschaft heimkam, sich beim Vater zuerst sehen ließ, bevor er zu seiner Frau ging, wenn er die nächste Zeit sogar im Dorf bei ihm blieb. Gewiß hatte der Alte ihm in den Ural geschrieben.

Auch war der Mann zur Zeit nicht eben fein ausstaffiert. Die nackten Füße steckten in plumpen Holzschuhen drin, sein Herz schlug in Aufruhr und Scham gegen Flicken an Flicken, er zog am Schößchen hinten und vorn. Das tat er nur hier, wo nämlich die Menschen ihn kannten, im Ural hatte er nicht dran gezogen. Sein Blick war starr im Ural, man mochte immer ihn nehmen, wofür man ihn hielt, für das nämlich, was man aus ihm machte.

Fein war er nicht ausstaffiert. Auf dem kahlgeschorenen Kopf mußte sein Haar erst wieder wachsen, wenn er hintreten wollte vor eine Frau im Zorn, der den Mann schmückt. Wem denn träumte vom Schmücken? Und wem war sie noch immer nicht gleich, die Person, die so schwach war im Fleisch, ach, das war sie ja auch gegen ihn, einmal war es das Schöne dabei, damals hatte es ihm geschmeichelt. Es kam noch sehr darauf an und was daraus entstand, wußte niemand, aber verflucht noch einmal, man mußte doch wissen mit wem, mußte man wissen!

Vom Vater bekam er den alten Rock, der in der Speicherkammer noch dahing, vergessen wie durch ein Wunder oder

so gut versteckt, daß ihn auch der Plünderer nicht fortzog, und der Mann war froh um den Rock. Der Rock war besser als manches, das er seit zwei Jahren am Leib trug.
Wer da schreien will: »Du aber daheim, was hast du indessen getan? Vielleicht in Freuden gelebt!« – soll der nicht besser im Sack vor der gottverlassenen Frau stehn, kahl am Kopf, Wasser noch in den Beinen, damit sie den Unterschied sieht, soll dem nicht alles gleich sein?
Einen Rock muß der Mensch haben, der mit seiner Frau ins Gericht geht, einen Rock und nicht einen Sack, damit sie merken kann, was sie getan hat und daß es ihr leid tut. Und das Haar muß ihm wachsen samt seiner Kraft und dem Zorn, der ein Weib überrennt, die Versuchung schon immer, die Versuchung noch jetzt. Sein jüngeres Ebenbild muß vor ihr stehn, damit sie in ihn verliebt wird und daß es ihr leid tut. Das ist das Mindeste, was er verlangt. Sie soll spüren, was sie verliert, das wäre noch schöner, gerade sie muß es spüren.
Grausam ist es auch für ihn, und er weiß noch nicht, was er tut, es kommt darauf an, was sie sagt. Auf den ersten Blick kommt es an, Aug in Aug ungelogen und auf das, was einen dann packt, und ob sie es zugibt. Aber das soll sie büßen, wenn sie es nicht trifft, wenn sie ganz zum Schluß ihn enttäuscht, der im stillen doch wartet auf rettende Reue, die manches wegschwemmt, was nun einmal war, und der noch hoffen kann, saudumm wie schon ein Mann ist, und der ein seltenes Mal in der Nacht nach ihr langt und sie gleich wieder fortstößt, als habe er in der Einbildung sich gebrannt. Und doch kann er und kann es nicht glauben, die Erinnerung steht in seinem Blut viel zu stark und sie macht, daß er flucht. Mit ihr ist er doch wer gewesen!
Zu wem denn, Herrgott, kam er zurück wenn nicht zu ihr und zum Kind, an wen denkt er denn wenn nicht an sie, Tag und Nacht, Stunde um Stunde, wenn die Schnaken tanzen am Busch, wenn das Wasser steigt wie sonst nie und wenn die Jungen ins Heu gehn. Das Luder, das muß sie ihm büßen. Er braucht sie für seinen Haß und die Wut, und er braucht sie so tief und so neu, satt will er werden. Was bitter ist,

schmeckt darum noch nicht schal, wo denn sonst soll er suchen?
Wo anders hat es geregnet, das Wasser steigt, er steht vor dem Spiegel und kämmt sein Haar, kämmt die Ungeduld an seinem Haar, schon kann er was kämmen. Das ist sein geringster Triumph, den Kamm in der Hand starrt er und braut, bringt es nicht aus dem Kopf und nährt sich daran. Seinem eigenen Gesicht kann er drohn mit dem Blick zum Fürchten. Besser wäre ein anderes Gesicht, ein gar weites Gesicht, das ihn lockt, und das meint er gerade, wenn er dem Spiegel droht an der Wand und wenn ihm der Hals schwillt. Was wird er der Frau und wie wird er es sagen? Denn das nimmt ihm keiner ab. Wer er ist, muß sich zeigen.
Es war warm, Frühsommer kam und brachte ein Hochwasser mit, das war in dem Monat selten. Der Willy natürlich lief auf den Damm, er nahm sich die Zeit nicht zum Essen, damit nicht inzwischen das Hochwasser fiel. Erst wieder war ein Reh die lehmgelbe Flut heruntergeschwommen, bei ihm ganze Schwaden von Heu, die Schwaden schlossen sich für das Auge zum Teppich zusammen. Das Reh machte einen Buckel und war hilflos umflossen vom Heu. Von hier aus sah es so aus, als werde das Tier in seiner Not auf den Teppich treten.
Sie blieben aber nicht beisammen, das Reh und das Heu. Das Heu hängte sich ein an den silbrigen Büschen und war bald in Fetzen verteilt, die züngelnd im eiligen Wasser spielten. Das Reh kam vorwärts. Jetzt war es mit seinem Buckel bei dem mächtigen Ast, der sich hüpfend bewegte, er hielt gewaltig die Gabel nach oben. Das Reh wollte den Kopf darauf legen, da kehrte der Ast sich um und tauchte weg unter dem Reh. Ganz aufgeregt wurde der Willy, er machte ein Pferd nach, das tänzelt in seinem Geschirr, trabte den Damm hinauf und hinunter in Sprüngen.
Dunklere Tönung trat in die Luft, der erste Anhauch der Nacht. Von hinten stieß den Laufenden etwas ins Haar, das schwirrte in dem Gespinst und dann wieder loskam, da wieder. Er zog den Hals ein und lachte, es wurden plötzlich soviel. In allen Büschen kochte es heiß von flügelbraunen

Körpern, die an ihnen klirrten, erst hielt er für Bienen den Schwarm.
Wenig Junikäfer flogen draußen im Leeren, die Widerstände zogen sie an, auch der Mensch, der sich bewegte. Dicht hinter seinem Kopf surrten sie hitzig heran. Ihm war, als werde in seinem Haar manches kleine Feuer entzündet. Der Willy starrte verzückt in den blinden Tanz, er konnte all den harten braunen Funken mit den Augen nicht folgen, die Tollheit ging ihm ins Blut, es flammte spitzig unter der Haut. Nach den Käfern sprang er schnellend hinauf, er wußte nicht, daß er schrie. Er fing sie im Flug mit der Hand, schüttelte sie in der hohlen Faust, daß sie zornig erklangen, schleuderte sie ins Nachtblaue hinaus, immer mehr wollte er fangen. Er riß sich die Jacke vom Leib, schlug die Surrenden nieder wie toll mit geschwungener Jacke. Dann schaute die Nacht ihm mitten hinein in sein Gesicht, das erschrocken erwachte. Erschöpft warf er sich nieder am Hang, die Jacke fiel mit, die Beine zogen von ihm weg ins Leere. Ihm war schwindlig wie bei einem Sturz. Von der Siedlung bellte ein Hund her, man hörte am Bellen, daß Nacht war, und der Damm stieg mit ihm zum Himmel.
Wenn er nun einschlief am Damm, dann hätte er um ein Haar seinen Vater versäumt, der den Weg nahm zur Mutter, und lebte vielleicht noch, der Willy. Er kam aber noch recht für sein Geschick, dafür kommt man immer recht und wenn man es noch so wenig voraussieht.
Nicht daß der Vater sich vergangen hätte an dem unwissenden Kind. »Kann der Bub sich so spät in der Nacht noch herumtreiben?« fragte er scharf, fuhr ihm aber ins Haar mit so ausgehungerter Gebärde, daß dem Willy das Wasser in die Augen schoß und daß er spürte, der Vater war auf jeden anderen zornig, nur nicht auf ihn. Ganz stolz ging er in seine Kammer, wohin der Vater ihn gleich darauf schickte.
Es war eine Sache zwischen ihm und der Frau. Unvermutet stand er vor ihr, die darauf nicht gefaßt war, und sie zuckte zusammen, ein Nerv in ihm zuckte mit. Hatte er sich doch noch besonnen? Was aber dann geschah zwischen beiden, war ein dunkles Geheimnis, wo ein Zorniger unterlag und nicht

froh war. Manchmal hörte der Sohn einen jähen Laut und spürte mehr, als daß er es hörte, wie seine Mutter weinte. Und sie hatte so sonderbar auf den Vater geschaut im Gemisch von Bewunderung und Schrecken, und er sah ja auch aus wie der Mann, den sie einmal wollte, das Verfluchte war dieser Krieg. Hätte er sie nicht allein gelassen, wäre er niemals gegangen!

Und wer im Zimmer geblieben wäre bei dem Mann und der Frau, der hätte für wahr halten müssen, daß es verwirrend ihn labte. Und hätte er es nicht begriffen mit dem Verstand, so hätten es ihm die Augen gesagt, daß der Mann so leicht nicht loskam von dieser Frau, sie hatte Gewalt über ihn und gab ihm wohl, was er brauchte.

Und doch fiel er mit ihr eine Stufe hinab und spürte den Tropfen Gift und er schämte sich auch. Nicht wie sonst war es, wenn der Mann zu seiner Frau kommt, und es war gar nicht mehr seine Frau. Er gab sich her in dem dunklen Gefühl, als sei er in eine fremde Sünde gefallen. Das Trennende stand darin wie der Pilz, der plötzlich sich spaltet.

Vielleicht hatte sie zu satt sich gedehnt, alle Angst von sich abgestreift nach dem Sieg, und hatte die Zerknirschung, die ihn lustvoll verwirrte, verloren. Eine belohnte Frau lag ja hier, von der ein Alpdruck gewichen war, von ihm nicht, und das war das Verkehrte dabei, wofür sie belohnen? Sie lachte schon wieder, gut, daß er mit eigenen Ohren es hörte, an das Lachen wollte er denken. Sie lachte womöglich ihn aus, der ihr verziehen hatte vor dem Gesetz, viel zu schnell, wie ihm schien, und was hieß da verzeihn, es ließ sich nicht vergessen.

Jetzt wurde auch noch unten auf der Straße gepfiffen, es mochte irgendwem gelten in dem Haus, in dem mehr Menschen denn jemals wohnten, vielleicht galt es ihr. Mit einem Satz war er am Fenster und sah auch den Mann drunten stehn, der sich gar nicht verbarg. »Der will dir was«, sagte er ihr auf den Kopf zu.

Der Mann drunten hatte den Schatten gesehn ohne auszumachen, wer es eigentlich war. Er wähnte, die Frau habe heruntergeschaut, sperre ihm bloß aus einer Laune nicht auf, und weil der Betrunkene seine Stunde lieber erzwang, warf er, der nicht gleich einen Stein fand, sein Taschenmesser hinauf, gleich durch die geschlossene Scheibe, daß sie splitternd ins Zimmer rasselte, er hatte in seinem Schnaps den Wurf nicht gedrosselt.

Der Mann droben hielt der Frau das Messer unter die Augen, denn welcher Frau wirft man ein Messer durchs Fenster bei nachtschlafender Zeit, sie stritt es ab, und dann wurde es grob.

Dem Willy wäre besser gewesen, wenn er alles verschlief, er hörte es aber. Er rüttelte an der verschlossenen Tür, wo der Vater die Mutter umbrachte, wie sie schrie, und die Tür gab nicht nach, und der Kampf hörte drinnen nicht auf. Es war eine kräftige Frau, manchmal rannten sie gegen das dröhnende Holz, gegen das auch der Willy sich warf, der verzweifelt die Tür von draußen aufsprengen wollte. Sie hatten unmenschliche Stimmen, der Willy schrie mit wie am Spieß.

Wenn man später die Geschiedenen fragte, ob sie an das Kind gar nicht dachten, senkten beide den Kopf und horchten zurück, dort blieb ein versteintes Schweigen. Denn so sehr hatte er sich an ihnen entsetzt, daß er ihnen nicht blieb, lieber wollte er stundenweit in der Nacht zu seinem Großvater laufen, er kannte den Weg und die Straßen.

Um diese Zeit lief schon ein Pferd, das vom Willy nichts wußte, er auch nicht von ihm. Der Willy rannte wie ein Verstörter dem Frühlicht entgegen, die klopfende Angst immer mit. Als es hell wurde, ließ die Angst wieder nach, und die Sonne machte ihm Mut. Er ging aber weiter, ein wenig schadenfroh zuletzt, weil er ihnen auftrumpfte mit dem, was er tat, und sich plötzlich ganz wichtig vorkam. Dann fühlte er sich nur noch froh und gerettet. Dort vorne war es so frei und funkelnd vom Tau, etwas herrlich Nasses war in dem Glanz, jedes Haus im Dorf war gewaschen.

Der Willy war jetzt ziemlich weit weg von der Stadt, hatte sich auch schon einmal verlaufen, er kam aber doch hin, wo er sollte. Jetzt führte die Straße durch einen Wald, die Sonne stand hoch, da lag auf der Straße ein schnaufendes Pferd und kehrte die Hufe gegen den Graben.

Der Willy ging herum um das Pferd, das auf der Straße allein lag, vom Rücken aus trat er es an, und das Pferd hob elend den Kopf und drehte nach ihm ein qualvoll blitzendes Auge, man sah viel vom Weißen. Die Adern waren aufgetrieben am honigfarbenen Leib, ein Zittern lief durch das fiebrige Fell und schien es zu verdunkeln mit schwacher schwärzlicher Wolke. Das Tier rollte die Augen, in seinem Pferdeblick das merkwürdige Netz, das alle Dinge vergrößernd sieht und warum ein Pferd gern scheut, auch den Willy sah es viel größer. »Geh nicht so nah hin, er schlagt«, warnte eine Stimme vom Graben.

Der Bub, den der Willy von der grellen Straße aus zuerst nicht sah, stand schon lange drunten im schattigen Graben, in einen vorsichtigen Abstand gebannt. Er war froh, daß er einen anreden durfte. Wie unheimlich so ein verlassener Wald war, in dem ein Gaul starb.

Der Bub hatte lange Stiefel bis an den Leib, in der Hand eine Peitsche, um den Hals ein farbiges Tuch, er hatte sich abenteuerlich gemacht für die Fahrt in die Stadt, aus der nun nichts wurde. Er war drollig in seinen Stiefeln, die das Längste waren an ihm, stand aber schon da wie ein Alter und erzählte nüchtern den Schaden. Ob er hing am Gaul, sagte er nicht.

Der Gaul war schon länger krank gewesen, wollte auch nichts mehr fressen. In der Nacht nun, weil es schlimmer wurde, hatte der Vater entschieden, daß der Gaul heut früh selber zum Roßschlächter hineinlaufen mußte. Er wurde, damit er Schritt halten sollte, nur eben hinten ans Fuhrwerk gebunden.

Aber der kranke Gaul konnte ohne Ziehn hinten nicht so schnell laufen wie das gesunde Tier vorn an der Deichsel, weiter oben im Wald war er ihnen schon einmal gestürzt wie der Heiland unter dem Kreuz, sie hatten ihn dann wieder aufgetrieben. Jetzt hätten sie ihn auch aufs Fuhrwerk gelegt, wenn es denn nicht anders ging, damit er ihnen nicht vorher verreckte. Aber wer brachte ihn dahinauf, wenn er keinen herließ in seiner Bosheit und wenn er sich sträubte.

Er war ja, weil ihm nichts anderes übrig blieb, eine Zeitlang noch mitgestolpert, hier auf dem Fleck war er wieder gestürzt, und weil er durch keine Schläge mehr aufstand, fuhr der Vater allein in die Stadt und wollte, was zwar wieder teurer war, den Roßschlächter an Ort und Stelle herbringen, der Gaul wurde dann gleich auf der Straße geschlachtet. Er selber mußte aufpassen, daß der verlassene Gaul ihnen nicht wegkam. Sie hatten ihn, den Verkehr nicht zu stören, auf die Straßenseite gezogen.

Nun muß man wissen, der Willy war ein Narr für ein Pferd, er sah jedes Pferd schon von weitem, das Pferd spürte es auch und spitzte die Ohren nach dem, was verwandt war. Darum ließ sich der Willy nicht warnen, er glaubte an keinen boshaften Gaul, vielleicht an einen böse gemachten, Unterschiede kennt er dann auch.

Das Pferd indessen lag da und diente einem furchtbaren Gott, der unendlichen Straße, auf der es verbotenerweise jetzt lag, das Pferd wußte genau, daß es das nicht sollte. Auf so einer Straße mußte man laufen, auch wer da krank war auf den Tod, so furchtbar war nämlich die Straße. Das Pferd war preisgegeben wie nie und war ganz ohne Zuflucht, das todkranke Pferd, das sich selber nicht helfen konnte und auf der Welt keinem mehr nützte. Wer es die Straße hinuntertrieb, war sein Feind. Sein Feind war jeder, den sie ihm schickte.

Wie hätte es einen Unterschied machen sollen, das Pferd, es wußte genau, es durfte in Frieden nicht sterben, es mußte ja hören und hörte es schon in seinem Ohr, wie mit dem Huf auf der Straße das Verderben herankam, und es konnte sich nicht erheben und es wich ihm nicht aus, oh, es spürte seinen Schlächter genau, durch alle Luft das Messer, den Schlächter.

Die nackte Angst sprang aus seinem Blick. Nie noch hatte der Willy soviel Angst gesehen an einem Pferd, er trat ganz nah heran an das Pferd, das so Angst haben mußte und das ihn reute, er wollte ihm auf den Hals klopfen, helfen womöglich.

Das Pferd sah auch ihn jetzt ganz nah, riesengroß durch das spiegelnde Netz, das – und es kann nichts dafür – verrükkend im Auge des Pferdes steht und mit geschliffenen Facetten die Größenmaße verzerrt, einen ungeheuren Feind sah das Pferd schon ganz nah. »Geh weg, er schlagt«, schrie es vom Graben.

Da war es aber zu spät. Da hatte das Pferd in seiner Qual sich schon aufgebäumt, ohnmächtig tobend, und wenn ein Pferd sich ohnmächtig aufbäumt, so hat der schwere Huf Wucht genug, einem Knaben, der nicht rechtzeitig wegspringt, in den Brustkasten zu treten, so was kann in seiner Ohnmacht das Pferd.

Als der Willy zu sich kam, lag er im Wald, Geschäftigkeit machte auf der Straße sich breit, ein Pferd wurde geschlachtet. Ihn hatte man, bis die Fuhre so weit war, unter die Bäume, wo das Moos stand, getragen. Ein Schmerz an der Bewußtseinsschwelle hatte ihn wieder geweckt, und so unerträglich war der Schmerz an der Schwelle, daß es ein Schmerz zu sein schien der ganzen Welt, der draußen hart vor der Tür stand, wenn man ihn nur nicht einließ, und daß eine taube Gefühllosigkeit tief da drinnen die eigene Brust darüber täuschte, wo der Schmerz eigentlich saß, er durfte sich bloß nicht rühren, bei der geringsten Bewegung trat der Schmerz ihm zu nah.

Der Willy konnte nichts sagen, sonst mußte er brüllen, und zu wem hätte er es gesagt, wenn er nicht etwa sich darauf verließ, daß mit einem Auge Gott auf ihn schaute. Ein bittender, armer Ausdruck trat in sein Gesicht, er bettelte um ein Ende. Er schlief weg, er wachte auf, unendlich vorsichtig wachte er auf, daß er sich bloß nicht rührte, es regnete, schien es dem Willy.

Von allen Bäumen in diesem Wald sanken knisternd schwarze Nadeln herab, und alle Nadeln deckten ihn zu, bis sie ihn im Haufen, im Wald unter dem Haufen aus schwarzen Nadeln begruben.

Das Pferd und die Jungfer

»Du hättest das Pferd nicht kaufen sollen«, sagt mein Schwager, »das ist kein Pferd an einen Wagen.«
Ich sage kurz, ich wollte es haben.
»Warum machst du alles allein?« sagt mein Schwager, »ich wäre mit dir gegangen.«
Da kann ich nur lachen. Ich fühle mich nicht hereingelegt jedenfalls, ich hätte kein anderes genommen.
»Wer kauft eigentlich das Pferd?« frage ich ihn.
»Du natürlich.«
»Schön. Dann ist es gekauft und jetzt Schluß.«
Mein Schwager sagt nichts mehr. Aber mich stößt der Bock, wenn mir alle hineinspucken dürfen, gewöhnen kann ich mich nie. Wovon lebt der Mensch, frage ich. Ich bin nicht mehr ich selber, man nimmt es mir stündlich.
Ich hätte große Lust, ich gehe auf und davon mit meinem Pferd, aber nichts ist wie früher, man bekommt keinen Zuzug. Man bekommt nicht einmal Futter fürs Pferd, wenn man nicht wie mein Schwager die Wirtschaft hat. An die Wirtschaft bin ich gebunden und wäre gern wie der Vogel so frei, man muß das ganz nüchtern anschaun. Man muß sich vertragen, auch wo man nicht hinpaßt, aber kriechen doch auch nicht.
Und doch bückt man sich unter Zwang, das kommt von den falschen Plätzen. Man sucht sich den Platz ja nicht mehr aus. Da ist es gut, wenn man glaubt an sein festes Kreuz, an das innere Rückgrat nämlich, möge einen der Glaube nicht täuschen. Man kann gleichgültig werden vom Bücken und innerlich tot, das ist die Gefahr, stumpf kann man werden. Man muß was suchen, daß man nicht abstirbt, man muß was haben, was man heftig verlangt, und sei's eine kurze Täuschung, ein Pferd zum Beispiel. Verlangen hält einen wach, sich täuschen ist besser als tot sein.
Das kann mein Schwager freilich nicht wissen, er sieht nicht hinein.

»Ihr sollt keine Last davon haben«, verspreche ich. »Ich mache alles mit dem Pferd ganz allein.«
Der Knecht schaut mich schief an.
»Und ich tue alles dafür«, wiederhole ich scharf, »denn es ist kein gewöhnliches Pferd, es ist ein Pferd von der Steppe.«
Der Knecht verbeißt sich ein Lachen.
»Es geht bloß krumm«, sagt er grob.
»Es geht nicht krumm«, fahre ich auf. Ach, ich habe selber gesehn, wie widerwillig es mir in den Stall ging, vor Widerwillen war es ganz linkisch.
»Es hat«, sagt der Knecht, »seit der Krieg aus ist, den Besitzer schon dreimal gewechselt, keiner hält es aus mit dem Pferd. Der Krieg hat an ihm was verdorben.«
»Das ist Schicksal«, sage ich und bin nicht zu belehren. »Denn es hat zu mir kommen müssen, und ich halte es aus.«
»Das ist Schicksal«, lacht der Knecht voller Hohn und geht mir aus den Augen. Später auf der Treppe hält er mich auf.
»Und wenn es ein Schieber ist?« grinst er.
»Was? Schiebt es?« frage ich erschreckt, »seit wann? Hast du selber gesehn, daß es schiebt?«
Der Knecht zuckt die Achseln.
»Da muß doch was schuld sein, wenn keiner es haben will«, sagt er verstockt.
Ich stürze hinaus in den Stall und mir graust. Ein Schieber, das wäre das Ende, weil man mit so einem Pferd nichts mehr anfangen kann, für den Menschen ist es verloren.
Es schiebt mit dem Hirn an jedem Ding, wogegen sich anschieben läßt, versteckt den Kopf unter der Futterraufe und schiebt, es scheuert und schiebt an der Wand und hört nicht mehr auf. Es würde dir die Mauer vom Stall durch Sonne und Mond schieben, wenn es nur könnte, hört nicht, sieht nicht, reagiert nicht, wird nie mehr normal, du kannst es gleich auf der Stelle zum Tierarzt bringen, was anderes bleibt dir nicht übrig.
Das Pferd natürlich steht im Stall wie jeder andere Gaul, schiebt jedenfalls nicht in dem Moment. Mir ist ganz elend, ich weiß nicht, soll ich ihm glauben? Vielleicht macht es eben

jetzt eine Pause. Es kann doch nicht die reine Bosheit sein von dem Knecht, er hat was gesehen, bestimmt.
In meinem Unglück nehme ich mir selber das Pferd vor. Ich verstehe davon ja nicht viel, weiß aber, daß solche Tiere auf nichts reagieren, und ich mache die Probe darauf. Ich trete ihm gegen den Huf, da wo die Haare anfangen und wo der Huf aufhört, das Pferd schlägt aus, wie es soll, Gott sei Dank. Es läßt sich auch von mir in die Ohren langen. Wäre es ein Schieber, täte es das nicht. Ich bin erleichtert, die Tränen brechen mir aus. Ich werde kindisch und bitte ihm ab. Dann kommt mir der Zorn. Man hat mir mein Pferd verleumdet.
Seitdem lebe ich nur für das Pferd, und es hat nichts gegen mich, es spitzt die Ohren und läßt sich was gefallen. Es spitzte die Ohren schon gleich beim ersten Mal, als ich darauf zuging und es aushandeln wollte. Es war ein Gaul, wie man ihn träumt. Als es Aug in Aug vor mir stand, fuhr es in mich hinein wie ein Blitz, als habe der Gaul mir schon einmal gehört. Ich nahm ihn an auf der Stelle.
Eine Eigenheit hat das Pferd, daß es scharrt. Mitten in der Nacht schleiche ich mich an seinen Stall und horche von draußen. Das Pferd ist wie eine Uhr, es scharrt und scharrt, und ich horche darauf. Ich war auch drinnen im Anfang, ich habe zugeschaut, wie es das macht. Es zieht den einen Vorderfuß vorsichtig schürfend zurück, dann kommt die Pause, wo es den Fuß unbeeilt vorsetzt, und wieder scharrt es zurück, ohne Unterlaß, in einem Rhythmus, der gleich bleibt. Wenn es müde wird, nimmt es dafür den anderen Fuß, und so macht es die ganze Nacht, ob es schläft oder wach ist, und mißt seine Zeit, das Pferd kommt zu keiner wirklichen Ruhe.
»Mein Pferd,« sage ich, »schläft überhaupt nicht.«
Außer mir läßt es keinen heran und wird unberechenbar, wenn ein anderer im Stall ist, es schlägt nach dem Knecht, holt ihm solche Stücke Fleisch aus dem Arm.
Ich sage: »Bleibt um Gottes willen weg von dem Gaul.«
Jede Fuhr, die über Land geht, nehme ich mit Absicht auf mich, ich nehme ihn so oft wie möglich nach draußen. Darauf wartet er nur, und alles vibriert an dem Gaul. Mit den Vorderfüßen ist er hoch in der Luft, wenn er anzieht.

Auf freier Landstraße ist das Pferd ein ganz anderer Gaul, wer es nicht sieht, glaubt es nie. Die wilde Freiheit jagt ihn dahin, ich kann ihn fast nicht mehr halten. Paßt ihm was nicht, macht er sich steif und geht krumm auf einmal, er spricht mit dem Fuß und macht mich verrückt. Die Kinder wissen es schon, sie laufen neben mir her und deuten, wie krumm mein Gaul geht.

Den Stall mag er nicht und steht in seinem Eck, als sei ein Zauber auf ihn gelegt, er hat im Aug einen boshaften Schleier. Ich bürste ihn ab und rede in einem fort auf ihn ein, ich bilde mir ein, daß der Gaul mich versteht.

»Wir müssen schon dableiben«, sage ich voll Verstand, »denn wohin könnten wir laufen?«

Aber es kommt schon die Zeit, da gehen wir weg alle zwei, ich weiß es, das Pferd muß es wissen. Ich habe es ihm mehr wie einmal versprochen.

Manchmal zweifle ich, daß es mich mag. Ein schwerer Widerstand steckt drin in dem Pferd, es muß was erlebt haben, was wir nicht wissen. Die Natur war in ihm wohl zu stark, man hat sie verbogen in lauter Pein, jetzt macht sie in ihm was Verkehrtes. Das Pferd kann nichts dafür jedenfalls, von wem sonst weiß man das so genau?

Ich denke viel darüber nach, mein eigenes Leben zieht auf diesen einen Punkt sich zusammen. Denn das Pferd ist wie Feuer so schön und in der stürzenden Welt ein Wunder für mich. Ich will es bewundern, ich glaube, sonst müßte ich hassen, ich kann nichts mehr glauben, ich wäre verloren, glaube ich.

Auch wenn ich nicht im Stall bin, beschäftigt es meine Gedanken. Es läutet, ich gehe zur Gassenschenke und nehme den Krug an.

»Dunkel,« frage ich, »oder hell?«

»Wie immer.«

Ich bücke mich unter die Leiste vom Schiebefenster, ich sehe den Mann sonst nicht genau, der ein Stammkunde ist und darauf pocht. Da trifft mich sein zwinkerndes Auge.

»Na,« sagt er, »Amazonenfrau! Immer noch keinen Mann?«

»Ich mag keinen,« sage ich kalt, so was regt mich nicht auf.

Andere sagen zu mir noch ganz andere Sachen, und ich sitze einmal da an dem Tisch, einmal dort und sitze bei keinem zu lang. Über keinen denke ich nach, ich sehe jedes Glas, wenn es leer wird. Muß ich trinken, stelle ich mir Schaum hin und behaupte, der ist mir am liebsten.
Ich fühle mich unglaublich sicher, ich habe das Pferd jetzt, habe den Sperrkreis, in dem es wirkt. Wie eine Wand steht es zwischen mir und den anderen.
Zuviel Böses habe ich gesehn vor dem Krieg und darin und danach, das Böse von allen Seiten. Wie kann es das gleiche sein wie zuvor und wem soll man traun? Der spielt Fußball mit dir, dem du traust. Es sank in mir auf den Grund, geht seitdem nicht mehr weg, wie ein Stein blieb es liegen. Will ich zum Menschen, heißt es springen über den Stein. Es wühlt in mir, lohnt denn das Springen? Bitter zuweilen stößt es mir auf, es müßte um Gottes willen sich lohnen. Ich erkenne, daß das mein Wunsch ist.
Die Erfahrung ist anders, die Menschen sind böse, sehe ich. Es gibt Gesichter, die gefallen einem vom Anschaun, man möchte hinzu wie die Motte ans Licht. Ich kanns übertäuben. Warum so nah? Daß er mich frißt? Ich bin auch nicht mehr so allein, ich habe das Pferd jetzt.
Und so schön ist mir keiner, daß mich nach ihm verlangt, in die sichere Hölle vielleicht, und so redet keiner mir nach dem Mund, über den Weg trau ich keinem. Ich weiß, wo die Roheit aufkommt mit der Gewohnheit, zuviel ist geschehn, die Welt wird nicht besser, sehe ich. Ich bin auch sicher, ich habe das Pferd jetzt.
Ein Zirkus kommt in die Stadt draußen vor dem Tor auf der Wiese. Ich gehe nicht hin, habe ich vor. In so einer Stadt natürlich tritt man auf die Leute vom Zirkus, sie schwirren in allen Winkeln. Unverwechselbar sehen sie aus. Viel Zeit haben sie nicht, sie kommen nur kurz herein zum Anschaun und Angeschautwerden, sie haben in ihrem Gang eine Uhr, soundsoviel Minuten. Sie blicken dir fest ins Gesicht, denn sie treffen dich nie mehr, ihr Blick wandert dann weiter.
Sie könnten mich neugierig machen, die mit einem Zirkus ziehn, aber ich würde mich vorsehn. Sie leben im Dschungel

und bleiben nicht hängen. Sie biegen und brechen. Was sich nicht freiwillig gibt, fällt zurück.
Einer kommt in die Schenke manchmal, wenn die Vorstellung aus ist, so ein Schwarzer mit nach hinten gebürstetem Haar. Er sieht wie ein Dompteur aus, macht aber das andere auch. Seine Hautfarbe ist frisch und durchblutet.
Ein Zirkus hat zu wenig Leute gewöhnlich. Ein Mann muß dort für drei stehn. Mich wundert, wie oft dieser kommt, es wird ihm am Schlafen abgehn. Er hört sich herum, wie es scheint, und sucht was Bestimmtes.
Beim Austreten vorhin im Hof hat er mit dem Knecht gesprochen, nicht zum ersten Mal offenbar. Ich schnappte es zufällig auf, weil ich Fleisch aus dem Eisschrank brauchte. Jetzt sitzt er an seinem Tisch, ich mache mir in der Nähe zu schaffen.
Ich weiß nicht, was ich habe an seinem Gesicht, ich schaue es forschend an und mache eine Reise darin. Das Gesicht ist sehr fest und setzt gern durch, was es vorhat. Da hineinsehn ist nicht anders wie einen tiefen Trunk tun für mich, und ich scheue den Trunk nicht, der Mann geht ja wieder fort. Er unterscheidet sich durchaus von allen.
Er mißt mich mit prüfendem Blick, leert sein Glas, ich muß Frisches bringen.
»Habt ihr kein Pferd für einen Zirkus?« fragt er nebenbei, und ich höre ihn gehn, ich bin mißtrauisch auf der Stelle.
»Wir haben kein Pferd.«
»So? Ich dachte.«
»Wir haben nur mein Pferd, und das ist nicht feil.«
»Wer spricht von kaufen? Ich will das Pferd ja nur leihn. Ich zahle sehr gut für den Tag.«
»Mein Pferd«, sage ich, »muß nichts verdienen.«
»Aber vielleicht macht es ihm Spaß. Wir haben Pferde, die arbeiten gern für den Zirkus.«
Ich antworte nicht mehr darauf. Die Katze ist aus dem Sack und will mir nicht gefallen.
»Sie werfen Diskus?« fragt er mich auf den Kopf zu, bilde ich es mir ein und lauert sein Blick, oder hat es nichts zu bedeuten? Er würde dann aber nicht fragen.

Ich ärgere mich über den Knecht, der ihm was gesteckt haben muß. Soviel gebe ich zu, ich habe es einmal getrieben.
»Man sieht es am Arm,« sagt er und betrachtet mich haargenau, ich stehe am Pranger, vielleicht bilde ich mir das nur ein. »Fast ein Männerarm, wenn man so hinschaut! Der Handteller, unglaublich!«
Ich starre gefroren. Es kann eine Bemerkung aus reinem Unverstand sein. Nein, der Knecht hat den Mund nicht gehalten.
»Warum sind Sie bei dem Sport nicht geblieben?«
Der Kerl fragt mir zuviel.
»Halt! Wohin laufen Sie?«
Nun, das kann er sehen wohin. Ich muß ja kassieren, ich gehöre nicht ihm.
Ich habe keine Lust mehr und setze mich an einen anderen Tisch, das waren schon zwei Sachen, die mir an ihm nicht paßten. Ich winke der Schwester, daß sie drüben bedient statt meiner, sie macht das sehr unauffällig, sie kennt meine Sprünge.
Ich muß so sitzen, daß er mich anschaut, sein Blick liegt mir im Gesicht wie eine Hand. Das könnte schön sein von diesem Mann, jetzt aber nicht mehr. Außerdem geht es ihm bloß um das Pferd.
Man muß wissen, mit dem Diskuswerfen hatte ich schönen Erfolg in einer Zeit, die auffällig kurz war. Es war eine Leistung wie von einem Mann, noch dazu war ich neu, ich war gar nicht so lang im Training, man konnte sich das nicht erklären. Meine Neider haben dann aufgebracht, daß das nicht mit rechten Dingen zugehen kann, und ich sei in Frauenkleidern ein Mann, unglücklich schon von Geburt. Wie scharf so ein Neid sieht, wie plump kann er übertreiben.
Das weiß ich am besten, daß ich zuviel habe von einem Mann in meiner Art mich zu geben, in der Seele, wenn man so will. Das ist kein Grund mich zu verlästern. Unglück ist es genug und mein schlechter Stern, ich bin zur alten Jungfer geboren.
Der Verein verlangte von mir, daß ich ein ärztliches Zeugnis beibringe. Ich trat aus dem Verein aus, ging in einen an-

deren, dorthin folgte mir das Gerücht sehr schnell. Auch dieser Verein verlangte ein Zeugnis. Ich trat abermals aus, warf die Scheibe ins Eck, sie war mir verleidet.
Von einem gewissen Standpunkt war es ja falsch. Nun hieß es, sie hat die Untersuchung zu scheun, aber ich konnte nicht helfen. Allem Spott hielt ich stand und wich nicht davon ab. Heutzutage wissen die Menschen nicht mehr, was Keuschheit ist, dachte ich, Sport hat seine Grenzen. Natürlich ist es schlimm, daß der Meute der Mund nicht gestopft ist. Ich lasse mich aber denen zum Spott nicht untersuchen.
Seitdem lebe ich im Zwielicht, ein bißchen anrüchig vielleicht, aber auf meine Art stolz, zwischen den Geschlechtern ein Niemand. Wen geht es was an außer mir und wem falle ich zur Last? Ich bin da, keiner hat mich gefragt, ob ich will. Ich werde was machen aus meinem Leben, ich will schon was leisten.
Der Zirkusmensch steht zum Austreten auf, ich nütze seine Abwesenheit. Unter einem Vorwand rechne ich ab mit den Gästen. Dann ist für mich der Moment, wo ich ungesehen auf mein Zimmer verschwinde, ich lasse alle Arbeit der Schwester allein.
Bei halber Treppe hält es mich auf, das Pferd im Stall tut einen seltsamen Schrei, da wiehert es wieder wie eine Trompete. Was ist mit dem Pferd los? Hinunter die Treppe, hinein in den Stall, finde ich den Zirkusmenschen bei dem Knecht, und sie machen was mit meinem Pferd. Der Zirkusmensch macht es.
Was es ist, kann ich nicht sehn. »Weg von dem Pferd!« schreie ich viel zu spät. Ich hätte gern gewußt, was der Mann mit dem Pferd tat.
Der Knecht verteidigt sich, er hat das Pferd nur gezeigt, das wird kaum verboten sein, wenn sonst nichts passiert ist.
»Es ist aber was passiert,« behaupte ich unnötig laut, ich vergesse nie, wie es schrie. Beweisen konnte ich nichts. Es gibt von Zigeunern so Tricks.
»Na«, sagt der Knecht ganz ohne Scham, »gegen Sympathie läßt sich nichts machen.«
Denn der Zirkusmensch geht aus dem Stall und das Pferd

ihm nach, als zöge er es mit einem Duft, es ist nicht an der Kette. Es reibt sich an ihm und sprüht dicke Flocken von Schaum, der Mann wird ganz naß übers Gesicht und zwickt die Augen lachend zusammen, er kann in lauter Liebe sich baden.

An mir ging es vorbei wie an einem Pfahl. Ich könnte weinen, denn das ist mein Pferd. Der Mann schüttelt sich ab, die Spritzer springen mir gegen den Mund und ich wische nichts weg. Ich gehe auf mein Pferd zu, will es am Zügel fassen, ihm, wer sein Herr ist, zeigen.

Wie die Schlange fährt es herum, und ich springe weg mit einem Satz, der Satan wollte mich beißen. Ich bebe am ganzen Leib vor seinem unerklärlichen Haß, die Knie geben unter mir nach, und es ist die eindeutige Niederlage vor einem Mann, oh, es ist schändlich.

Habe ich es nicht verteidigt vor diesem Mann? Mein Pferd, habe ich gesagt, muß nichts verdienen. Jetzt bringe ich es nicht einmal mehr in den Stall, bis es der Zirkusmensch selber zurückführt, im Augenwinkel männlichen Spott.

Ich stehe im Hof ganz betäubt. Der Mann kommt heran mit dem Knecht, sagt, es ist eine Sünde an so einem Pferd, ich soll es ihm einen Tag wenigstens lassen.

»Dann wird es bloß fremd,« wehre ich ab.

Der Mann redet lange Zeit auf mich ein, auch der Knecht, der ihm alles gesteckt hat.

»Schieben Sie Ihren Satan doch ab,« schreit der geradeheraus, »man ist ja im Stall seines Lebens nicht sicher.«

Ich weigere mich die ganze Zeit, ich bin so böse auf den Mann, wie ich ihm gar nicht zeige, mich schüttelts von innen heraus. Mittendrin reiße ich alles ab und schlage die Tür hinter mir zu, ich bin im Stall, wo mich aber das Pferd nicht heranläßt, es ist aufsässig gegen mich wie gegen den Knecht. Ich rufe hinaus in den Hof, der Knecht muß mir auf der Stelle das Pferd an die Kette legen, das muß er sonst nicht.

Vielleicht bin ich verrückt, ich fürchte, daß es mir nicht mehr dableibt. Ich habe gelebt in dem Wahn, das Pferd und ich, wir gehören zusammen. So einer brauchte bloß kommen! Natürlich hat so ein Dompteur was im Griff, was ein Laie nicht

in der Hand haben kann, es gibt von den Zigeunern so Tricks. Ich bin noch dazu eine Frau, aber das Pferd war mein höchstes Gut und in der stürzenden Welt ein Wunder für mich. Darum war es nicht fair von dem Mann. Da stehe ich und denke nach, ich schlucke und gehe nach oben.
Ich will den Schlüssel umdrehen zu meiner Tür, da warnt mich was, vielleicht ein Geräusch, das Herz schlägt mir bis in den Hals. Bis ich mich umdrehe, hat der Mann mir doch abgepaßt und nimmt mich noch in den Arm nach allem, was er mir antat. Ich mache mich steif, weiter nichts, ich wehre mich nicht so besonders.
Ich will nichts schmecken und schmecke auch nichts von dem Kuß, ohne Leben hänge ich in seinem Arm. Natürlich will er mich erpressen.
»So wach doch auf, Dummes,« sagt er und hält meine Brust in der Hand. »Du siehst doch, ich glaubs doch nicht,« sagt er und steht vor mir wie ein Dieb in der Nacht.
So können sie zu einem kommen, anders kommen sie nicht. Sie nehmen einem noch weg, was man hat. Ich kann nichts dafür, ich bin wachsendes Eis. Und der macht mich nicht schwach. Den kriege ich klein, denke ich langsam, ich kann nämlich denken. Ganz sacht dränge ich ihn von mir ab, ich rate ihm höhnisch, er muß das schon glauben. Hier bitte, ein Freibrief! Er läßt mich los wie gestochen, ich könnte ihm heut noch dafür eine Ohrfeige geben.
Die Nacht ist nicht schön, aber ich habe ein Kopfkissen, wenn ich losschreien möchte, und ich habe mich in einer Weise entschieden. Es ist doch gut, wenn man das tut, sonst vergißt man sich noch und glaubt an ein verfluchtes Glück.
Am anderen Tag habe ich eine eilige Fuhr, da holt mich beinahe der Teufel.
Ich könnte daran ja gewöhnt sein, immer wird es auf der Landstraße eine Jagd, das Pferd will mich messen. Es fordert mich immer heraus, das ist seine Lust, das war meine Lust, so waren wir beide ein Paar. Heut bin ich dem Pferd nicht gewachsen. Ich bin ganz woanders noch immer.
So schnell löst man sich nicht ab, auch wenn es entschieden ist und schon vorgezeichnet, bewältigt ist es noch nicht. Sich-

trennenmüssen ist schwere Arbeit für mich, wo man gründlich sich loswühlen muß, ich bin noch am Wühlen.
Das Pferd spürt den Bruch zwischen mir und ihm. Es tut seinen Satz mittendrin, als ob es den Wagen abschütteln möchte, ich fange den Wagen nicht völlig ab, heute nicht. Dann geht es los mit allen Schikanen, ich habe Gott sei Dank keine Flaschen.
Im schleudernden Wagen stemme ich mich zurück mit aller Kraft, noch habe ich die Zügel, spüre aber, ich werde ihm nicht Herr, das Pferd wird mir den Arm noch auskegeln, spüre ich.
»So wart doch,« schreie ich ganz sinnlos, ich gebe ihm keine Namen, das nicht.
Habe ich es nicht geliebt, dieses Pferd, schön wie Feuer, und in der stürzenden Welt ein Wunder für mich? Nimmst du mir das Leben, denke ich. Zur Angst habe ich keine Zeit, nur zu, denke ich, im Nu kann es aus sein. Ich habe einen kalten Mut in dem Moment und alles Leben im Arm, mir liegt soviel nicht am Leben, das hier geht schnell, weiß ich.
Einmal hat es mich schon vom Sitz heruntergezogen, ein paar Schritt bin ich mitgelaufen sogar in einer häßlichen Hast zwischen den Hinterbeinen von einem Pferd, die mein armseliges Laufen gefährlich umgriffen, da war nicht viel Platz für den Fuß, es war häßlich, immer den Wagen hinter mir her. Wenn er mich faßte, kam ich unter das Rad, nur mitkommen, nicht stolpern! Ich weiß nicht durch welchen Ruck bekam ich mit dem Hintern den Wagen zu fassen, ich stemmte und schob mich hinauf, ich war König, ich war wieder droben.
Das war aber eine Gunst, wie der Mensch sie nur einmal bekommt in seinem Leben, wiederholen möchte ich das nicht. Die Tour ist mir verleidet, überfahren werden möchte ich nicht, dann schon lieber erstürzen. Ich seh mich noch laufen zwischen den Hinterbeinen von einem Pferd, dann klopft mir das Herz bis hinauf in den Hals, das ist eine Erfahrung.
So oder so, das Pferd ist für mich verdorben.
Noch am gleichen Tag schreibe ich an den Zirkus, das Pferd ist mir feil. Ich mache alles schriftlich und durch den Knecht,

ich kann den Mann bei dem Handel entbehren. Er hat das Pferd draußen zur Probe, schickt es aber noch einmal heim, vielleicht um den Preis zu drücken. Dann nimmt er es doch, was sage ich, bekommt es von mir so gut wie geschenkt gegen alte Währung in lumpigen Rentenmark, die Währungsumstellung ist kurz danach, keiner gibt Sachwerte aus der Hand. Wenn das knapp an der Umstellung kein Streich war!

Das Pferd wenigstens hat seine Freude und ist stolz abends in der Vorstellung, wie man mir sagt. Es soll in seinem Schmuck und all dem Glanz um sich herum nur so steigen.

Nach einer Zeit schreibt der Zirkusmensch mir eine Karte von Aachen, sie haben dort Winterquartier, der Gaul macht sich glänzend, wenn ich Lust habe, soll ich hinfahren und sie beide besuchen.

Ich hätte gern gesehn, was seitdem geworden ist aus meinem Pferd. Ich suche Aachen in meinem Atlas heraus und alle großen Stationen, an denen ich vorbeifahren müßte. Ich habe in Aachen mein zweites Ich, meine Gedanken sind dort. Ich müßte hinfahren, wenn ich täte, was einem so vorschwebt, natürlich tue ich das nicht. Ich wüßte gar nicht, wie es begründen.

Die im Dunkeln

Ins Theater drang ich ein als ein frecher Wicht. Ich gehörte da nicht hin, ich zählte ja nicht. Zwanghaft schlüpfte ich ein und hatte einen lechzenden Durst, daß mich was tränkte, nur hatten sie es nicht im Becher. Ich saß da mit meiner Bestürzung.
Ungestillt ging ich zum Kreuztor hinaus, die Wüste begleitete mich. Die Straße war immer leer, ich hielt es für keinen Zufall. Immer ging ich auf meiner Straße der Verdammten allein.
Ich habe die Vermutung im Theater führte ich mich sonderbar auf. Ich lachte an ganz unglaublichen Stellen. Wie sie es sagten, das verzerrte sich mir oder spaltete sich wunderlich auf, es lächerte mich. Ich wurde von meinem Gelächter erschüttert.
Ein Entsetzen schlich mir in den Rücken und war das Entsetzen derer, die hinter mir saßen, es wurde so dicht. Ich tat unverfroren und wieder lachte ich aus meiner Hölle herauf. Durfte ich etwa nicht fühlen, wenn ich schon drin war?
Die Gebärden der Schauspieler veränderten sich und fingen an sich auf mich zu beziehn. Sie stachen her mit dem Arm. Ich schaute ihnen ungläubig zu, denn der Arm verlängerte sich, ich wußte nicht, wie sie das machten. Sie heckten was gegen mich aus und alles brachten sie fertig im Text, als gehöre es zur Rolle. Sie stellten sich vorn an die Rampe, da waren sie näher bei mir. Kunstvoll holten sie Luft ein. Der Kopf schwoll ihnen an mir zum Hohn, die Anstrengung hob sie auf die Zehenspitzen hinauf. Sie sammelten soviel Luft in ihren Blasbalg, daß sie gerade nicht platzten, und dann bliesen sie aus dem Balg die Luft auf mich herunter, warum wußte ich nicht.
Ich saß auf meinem Stuhl wie gebannt. Ich hatte schon lang nicht mehr gelacht.
Das Blasen hörte ich zischen und wie es überging in einen

pfeifenden Ton. Sie trafen mich so genau, als bliesen sie mich durch ein Schlüsselloch an. Und so hallend pfiffen sie wie ein Zug. Meine Haare stellten sich langsam auf.

Ich hatte nicht mit einem solchen Betragen gerechnet. Aus meiner kahlen Wüste war ich geflohn, in der es nichts gab als Zahlen mit dem Zwang auf die Zahlen zu achten. Aus der Verzweiflung nur war ich hier. Ich wollte ja nur aus meiner Wüste heraus. Jetzt duldeten das diese Hitler-Schauspieler nicht.

Ich rührte mich nicht von meinem Platz. Etwas Furchtbares drang auf mich ein, und ich konnte nichts tun, ich konnte mich dem nicht entziehn. In mir wuchs eine Schuld, an der ich nicht schuld war.

Mit allen anderen ging ich hinaus. Da stieß es mir auf, daß ich an ihrem Verhalten nichts Ungewöhnliches merkte, sie schnitten mich höchstens. Wie eine Unsichtbare schoben sie mich vor sich her. Sie brachten sich um die Schadenfreude, was ich nicht einmal glaubte.

Verstört stellte ich mich an den Randstein. Ich stand noch lang vor der Pforte, die brausend sich leerte. Die Schwärme teilten sich um mich herum. Ich war sehr niedergeschlagen. Ich grübelte an dem Rätsel, nur auf den Grund kam ich nicht.

Im Laden machte ich meine Sache wie immer, mir merkte keiner was an. Die Spielzeit lief nicht mehr lang. Ich mußte nicht unbedingt in ein Theater hinein, wenn es mich verstieß. Was ich wollte, spielten sie doch nicht. Aber lesen konnte ich auch nicht. Ich konnte mich nicht mehr füllen. Ein Gespenst sog es mir weg. Da hielt ich es nicht mit mir aus.

Ich war sehr umgetrieben im Frühjahr, vom Nickl sah ich nicht viel. Ich war schon vom Laden daheim, müd mußte ich sein, aber es jagte mich auf und hinunter. Auf der Straße wußte ich nicht einmal, was ich dort sollte. Ich lief mir nur immer davon.

»Ich schnappe bloß frische Luft,« sagte ich dafür. Ich ging auf der Reichsstraße 13 herum zwischen den fremden Wiesen und Gärten wie eine Versprengte. Feindselig standen die letzten Häuser nach Friedrichshofen hinaus, zögernd wurde

gebaut. Ich war mir ganz überlassen, eine Ansprache hatte ich nicht. Aber ich hatte sonst auch keinen Menschen gebraucht.
Das ist nicht wahr, daß man einen Menschen überall hinstellen kann, ein falscher Platz bleibt immer falsch. Natürlich kann man den Widerstrebenden zwingen. Sehr lang sogar kann man ihn zwingen, da wird ein böser Schaden daraus. Unter wahren Foltern wird was verdorben.
In eine Öde starrte ich hinein ohne Trost. Einen Fehler mußte ich mästen mit meiner ganzen Person, ich wurde von einem mir aufgezwungenen Fehler gefressen.
Umsonst rannte ich dagegen an, ich mußte schrumpfen. Ich krümmte mich unter dem fremden Gesetz, das mich beschnitt. Mir war nichts von meinem eigentlichen Leben geblieben. Die ich liebte, waren im Ausland, alle waren sie fort. Von den Spruchbändern fiel das Leid auf mich herunter. Eine Schuld wuchs in mir, an der ich nicht schuld war.
Wenn einer empfänglich wird für das, was man sonst nicht empfängt, was man nicht mit rechten Dingen empfängt, hat er schon viel hinter sich, es geht immer noch weiter, fragt sich wie lang.
In einer Spalte der Verlorenen hauste ich, und es spielte sich vor dir ab und dir, seines Bruders Hüter war keiner. Die Stunden wurden ein Kapital, das mir nicht zustand. Mir waren meine bitter nötigen Stunden genommen. Ich mußte mich plündern lassen und schrumpfen. Ich kämpfte um einen ungenügenden Rest, daß er mir blieb.
Ich wollte nichts wahrhaben, einstweilen half ich mir immer noch selbst.
Und doch scheuchte mich viel, ich wurde niedergeschlagen. Ich weiß es noch gut, an dem Abend wehte ein sprunghafter Wind, als einer zwanzig Schritt hinter mir mit dem Stock über den Zaun fuhr. Es war ein unverkennbares Geräusch von einem, der schlendert, jemand machte sich einen Spaß. Ich schaute mich noch danach um, aber da war nur der Zaun und war keiner, der ging. Weit und breit war da keiner. Ich verzog mich verstört. Ich hatte was dicht im Nacken.
Am anderen Tag zuckte ich nur mit den Achseln, ich konnte so was nicht brauchen.

Ich schmiß es zum übrigen. Gewaltsam stieß ich es weg. Es suchte mich, ohne daß ich es suchte. Das Meiste habe ich schnell wieder vergessen. Wie Fetzen trieb es mir davon, ich nahm die Dinge nicht auf.

Ich war schon auf der Flucht, leicht mußte ich mich machen und dünn. In mir redete es, ich werde dich lehren, wie du dich schützt. In mir log es, ich werde dich lehren, wie du dich schützt. In mir versprach es, ich zeige dir was, das hast du noch nie erfahren. Da war es der Tod.

Der Nickl hatte davon keine Ahnung. Der Nickl kam spät heim und warf sich dem Schlaf in den Arm, das brachte schon sein Beruf. Ich beklagte mich da nicht. Wenn bei den anderen Feierabend war, fing es bei ihm erst recht wieder an und wurde eine zähe Verpflichtung, nach außen schaute es vielleicht nicht so aus.

Der Abend hatte nur sieben Stunden. Der Nickl war mit seinem persönlichen Magen allein. Er war angewiesen auf seine Leber und hatte nur die; mörderisch mußte er sie überfüttern. Drei Wirtschaften mußte er vertilgen von seiner Liste oder auch vier und überall sitzen. Nie wurde es das wahre Gespräch und schon gar nicht ein Spaß. Es lief hinaus auf ein stets wiederholtes Gefasel, und sie stanken sich an. Da durfte sich der Nickl nicht anmerken lassen, wie es ihn wegtrieb. Da wurde das Trinken zur Strafe. Da wurde das Trinken gefährlich, der Nickl war motorisiert.

Der Nickl zuckte nicht mit der Wimper und gab die Sitzfigur ab. Er verschenkte größenwahnsinnig die Zeit. Der Wirt merkte es sich kleinlich. Der Wirt schrieb den Verzehr genau in die Gegenleistung hinein, anders bestellte er nicht. Zu leicht befunden war schon vertan. Der Nickl war unverwüstlich, mit der Angabe lief er herum. Er war so lang unverwüstlich, bis es ihn knickte.

Der Nickl mußte schon Glück haben bei dem Beruf und tagaus und tagein. Einmal lag er die ganze Nacht in einem Graben und sein Motorrad auch, der Nickl war nicht bei Bewußtsein. Er hatte seinen Unfall, ich ahnte es nicht, weil ich schlief. Ein Mann hat ihn, als es schon hell war, im Graben entdeckt und geweckt. Er hat ihm noch aus dem Graben zu

seinem Motorrad verholfen, der Nickl stellte sich an wie ein Klotz.
Sein schweres Rad drohte ihn an. Sein angewachsener Arm war ihm feind, die Technik unzugänglich wie durch ein Rätsel, er versuchte zu schieben. Der Mann hatte keine Zeit mehr, der Mann fuhr zur Arbeit und hatte schon mehr als ein anderer getan, er ließ ihn hinten. Da mußte der Nickl sich vergewaltigen und seinen Motor. Er bestieg ihn wie den Hengst, der bäumend ihm drohte. Ächzend schraubte er sich auf der Drohung davon, die Augen wie ein Frosch und geschnitten vom Sturm. Wie er heimkam, wußte er nicht. Dann wollte er einzig schlafen. Er legte sich samt dem Leder hinein.
Aus dem Bett zog ich den Nickl wie mit der Winde heraus, weil er anders nicht hochkam. Er glotzte mich als ein Schwachsinniger an, das erbitterte mich.
»Ich bin gestürzt,« erklärte er mir lallend, sein Gehirn war so erschüttert.
Für den Arzt hatte er keine Zeit, die Konkurrenz war am Sprung. In den Dörfern duldeten sie die Ausnahme nicht. Das war sein spanischer Stiefel. Die Kundschaft versetzen hieß soviel wie auf die Kundschaft verzichten. Abgehängt war einer gleich. In dem Beruf wird man nicht krank. Da trank der Nickl seinen Kaffee brühwarm aus, kaufte sich die Motorradbrille neu und fuhr wieder auf Tour. Ein paar Tage war er noch ganz benommen.
Ich konnte es schon dem Nickl nicht antun, daß ich meine Nerven verlor. Aber die Angst fackelte nicht. Mit keinem Gedanken zog ich sie her, da hatte sie mich schon gepackt, nicht einmal piep konnte ich sagen, und es schleuderte mich. Da war es schon schlimm. Ich trug es stumm. Zu nichts Gutem konnte es führen, ich konnte mich noch verletzen.
Ich setzte mich im Bett auf neben dem Nickl, auf einmal hatte mich was geweckt. Den Nickl starrte ich an, als er schlief, ich sah ihn zum erstenmal offenbar. Er lag da als ein Ungeheuer. Das konnte ich nicht brauchen, und ich legte mich schnell wieder hin. Ich grub mich ganz unter die Decke hinein, weil ich floh. Aber legte ich mich jedesmal hin?
Denn als Nächster war es der Nickl, der mich in das Meiste

hineinzwang, was gegen die Abmachung war. Ich fühlte mich hintergangen.

Der Nickl war falsch geworden. Ich hatte ihm mit der Heirat vertraut, gleich danach wurde er falsch. In den ersten Wochen schon nahm er sein Versprechen zurück, er wollte es ja gar nicht halten.

Ich muß nichts zu tun haben mit seinem Geschäft, das machen schon die anderen, hatte er mir versprochen, als er sah, anders willige ich nicht ein und nie. Ich willigte ein, weil ich glaubte. Da hatte er mich, aber mich hatte der Schrecken. In allem Anfang schon fiel er um, er hielt es sogar für eine Erpressung.

Weil ich keinen Ausweg hatte, konnte er mich nur übertölpeln, und weil das Leid von den Spruchbändern fiel. Weil das Leid von den Spruchbändern fiel, mußte ich mich verlassen auf ein Versprechen, das leer war. Denn ich war nicht erwünscht, wenn ich schrieb.

Daß er falsch wurde, dazu wurde der Nickl durch seine Lage gezwungen, soviel sah ich dann selber. Es hatte uns beide gewürgt. Ich hatte das Nachsehn, ich fügte mich ja. Aber ich habe mich da übernommen.

Weil es lang dauerte, streckte es erst noch die wahren Krallen heraus, ich mochte mich noch so sehr winden. Da hatte es mich in den Fängen, davon wird einer bös. Leicht kennt er sich nicht mehr aus.

Der Nickl wußte es nicht, mit wem er sich einließ, auch ich wußte das nicht. Es hatte tief in seinem Dunkel geschlafen. Zuvor mußte ich es spüren am eigenen Leib. Jahr nach Jahr mußte es mich verletzen. So nur wurde der große Schaden daraus. Ich spürte je länger, je mehr, ich wurde gefressen. Da war ein unwissender Nickl der Nächste dazu. Und pfui über mich, ich konnte die Krallen nicht lieben, ich derpackte es nicht.

Noch eine Nacht schlief ich neben dem Nickl, in dieser gnädigen Nacht erschreckte mich nichts. Um sechs Uhr dann in der Früh sprangen wir gefährlich aus unserem Bett, er auf der seinen Seite, ich auf der meinen. Wir prellten mit unseren beiden Füßen heraus, es jagte uns hoch aus dem Tief-

schlaf. Im Tiefschlaf hatten wir es gehört alle zwei und standen im Hemd und schauten uns wie die Schuldigen an.
Denn mein eigener Vater hatte drunten auf der Straße ganz deutlich gerufen, kein Vogel weckt einen so laut.
»Das ist der Pappa,« sagte der Nickl sofort.
Da hatte mein Vater sich auf einen weiten Weg gemacht schon in aller Früh. Ich stürzte ans Fenster und ich fürchtete mich, mit dem Leib stand keiner drunten.
Der Nickl hätte ihn finden müssen, weil er den Mantel anzog und ihn suchte, der Nickl ging eigens hinunter, er hatte den Ton noch im Ohr. Mutlos kam der Nickl von der Straße herauf.
Zweimal hatte mein Vater mich bei meinem Namen gerufen, die kurze Silbe nur, wie er mich anrief als Kind.
Da war es merkwürdig, daß er den Nickl aus seinem gesunden Schlaf riß, bei mir wundert das einen ja nicht. Der Nickl war ganz schön derb, aber was soll ich sagen, es ging ihm durch und durch.
Es war ein so dringendes Rufen.
Aus großer Not rief mein Vater mich in aller Früh und war doch um die gleiche Stunde versenkt in einen finsteren Schlaf, kein Gedanke fiel da hinein oder heraus. Und doch fiel einer heraus.
Der Nickl rückte als erstes ihm auf den Hals. In der Stadt läutete er ihn aus seinen Federn herauf. Mein Vater wußte von nichts.
Mein Vater hat im Schlaf mehr gewußt als im Wachen, ganze Wochen hatte er mich nicht einmal gesehn. Daß es höchste Zeit ist, hat er gewußt und hat im Schlaf uns beide gewarnt. Da haben wir empfangen, was man sonst nicht empfängt, und mein eigener Vater, der hat gesendet.
An dem Tag traf den Nickl die kleine Tour, er schaute am Mittag zum Essen herein. Ich habe nicht eigens gekocht, dem Nickl verging das Essen. Das war das einzige Mal, da schmierte ich ihn aus.
Denn da hatte ich es schon angestellt, und da rollte es schon. Beim Kreisleiter mit seinen Mannen war ich da schon gewesen.

In der Anstalt warfen sie es mir vor, daß ich gleich bis zum Kreisleiter ging. Es war auch ein ziemliches Unterfangen für mich, zumal ich in der Vorstellung lebte, sie überwachen mich schon, jeder Brief wird gelesen.
In der Verzweiflung überfällt einen der Mut, da kam ich ihnen zuvor. Er sprang so jäh mich an wie ein Zorn, und so zwanghaft stieß mich der Mut, daß ich eben zum Kreisleiter trabte, den Mann habe ich nie anders als von weitem gesehn. Ich hatte da wohl nichts zu suchen. Die Sprengkraft trieb mich bis zu meinen Peinigern hin, hinterher erschreckte es mich.
Ich trabte wirklich, ich hatte kein Maß mehr für das, was ich tat. Noch höre ich mich stampfen, als schlüge ich Funken aus dem Pflaster heraus.
An der Oberen Pfarr packte ein fremder Mann mich am Arm, als ob er mich aufhalten wolle in meiner Zerstörtheit, und ich mäßigte mich, oh, ich sprach schon noch an.
In der Kreisleitung ließ ich mich nicht abspeisen, als sie mir einen anderen schickten, ich verlangte den Leiter. Den mußte ich überfahren mit meiner Not, weil er mir der Verantwortliche war, so schrie es aus mir herauf. Ich war da schon an der richtigen Stelle.
Er hatte einen mannsgroßen Hitler im Rücken und stand kleiner davor. Wer hereinkam, machte vor dem Bild seinen Arm lang, nicht vor ihm. Ich hatte so was in keinem Zimmer erlebt, und ich gaffte. Die Stiefel hörte ich knallen. Das Bild schaute mich absichtlich an und war so groß wie ein Mann. Ich hatte dafür keinen Arm.
Beim ersten Atemzug forderte ich es schon. »Sie müssen mich in Schutzhaft nehmen,« fuhr ich ihm hin, »mein Mann bringt mich um.«
Soviel hatte ich gewollt, ich gab nur die Rohform, es überwältigte mich.
»Das ist eine sehr schwere Beschuldigung,« sagte der Kreisleiter.
Mir zuckten die Lippen, alles war schon heraus, mochte es mich nun verschlucken.
»Wenn Ihr Mann Sie umbringt,« sagte er wieder, »müssen Sie zur Polizei gehn, das ist dafür die zuständige Stelle.«

»Zur Polizei kann ich eben nicht gehn,« stieß ich über die Lippen, da kam die rauhe Verzweiflung aus ihrem Gatter hervor, ich zeigte meinen Mann doch nicht an.
Ich weinte jetzt schon vor der Macht, weinen passiert mir selten. Ich rupfte an meiner Mappe herum, darin hatte mein Taschentuch sich verschlüpft, ich mußte mich bücken. Damit machte ich mich schon verdächtig, eine Waffe konnte ich zücken.
Mit dem Finger plagte er einen Knopf, der sich in Handhöhe anbot, das ging so schnell mit dem Knopf, eine Uniform prellte mir in den Rücken. Kein Wort wurde gesprochen. Hinten hatte ich Augen.
Ich machte mich nicht mehr verdächtig, seitdem ich in der Hand das weibliche Taschentuch knüllte. Die Uniform stiefelte schräg durchs Zimmer nach einer anderen Tür. Der Kreisleiter hat seine Leibwache, verstand ich.
Mich juckte die Gewalttätigkeit nicht, ich wischte an meinen unnützen Tränen herum, beides nützte nicht soviel.
Der Kreisleiter schaute aus seiner gedrängten Welt heraus, als erinnerte ich ihn an eine Erfahrung. Der Kreisleiter hatte so was schon einmal gesehn. Das Unerwartete schob er mir hin wie einen Stecken in reißende Flut.
»An Ihrer Stelle ließe ich mich von einem Arzt untersuchen.«
Ich stand wie ein Lamm. Vor mir blühte was auf.
Kein zweites Mal geht es gut. Es kann einmal sein wenn überhaupt. Unversehrt schlüpfte ich aus der schnappenden Zange der Macht.
Ich bin viele Spuren gelaufen in meinen Gedanken. Ich weiß nicht, was mich verschonte. Wer wollte, hätte mich auf der Stelle verhaftet, schon die Beschuldigung gegen meinen Mann war ein Grund.
Dabei war ich mehr als einmal im Völkischen Beobachter gestanden, dabei hatten mich die Studenten verbrannt, Feinde saßen mir auf in der Partei, man ließ es mich merken. Dabei verschlang mich die Fama schon, angst und bang mußte mir sein, der Blitz zucke aus dem Gewölk, das gegen mich anschob. Es war unberechenbar.

In der Anstalt mußten sie mich zusammenrichten, daß ich solche Sachen nicht machte. Auffallen war das Letzte für eine wie mich.
»Daß Sie mir das nie wieder tun!«
Sie senkten es in mich hinein und haben mir was genommen zu meinem Schutz, da hatten sie ihre Gründe dafür. Ich durfte die Zange ja nicht überfordern.
Damals teilte ich unerwartete Schläge aus, um mir zu helfen, ich wähnte die Hilfe nur. Der böse Feind schaute aus der Hilfe heraus, ich war schon gefährlich, ich verletzte mich schon. Magisch zog mich die Gefahr an. Über mir wischte der Tod, er beschattete mich.
Der Nickl mußte mich im Geschäftswagen nach München verfrachten, meine Brille war dick voll Staub, ich entdeckte es nicht. Ich nahm nicht daran teil.
Die »Aufnahme« im holzgetäfelten Sprechraum regte mich unsinnig auf, die »Aufnahme«, daran hingen Folgen.
Ich war freiwillig mitgegangen, denn es wuchs mir über den Kopf; ich hatte eine Behandlung erwartet, gewollt. Was wunderte mich?
Mit Worten tat man mir Gewalt an. Da verlangte ich nach dem »Haus der Kunst«, was einfach lächerlich war. Ich verlangte es aber, sie mußten mich halten. Ich mußte zur Kunst, als hätte es die dort gegeben!
Der Chefarzt hatte mich aber auch in die Enge getrieben, nichts anderes kam aus dem Schutt und aus der Drangsal herauf. In Worten zog er mit der Zange.
Es hat immer in mir um Hilfe geschrien, zog er aus mir heraus. Der Mann wollte mich gleich behalten, da half nur die Kunst!
»Ihre Frau ist schwerkrank,« versetzte der Chefarzt dem Nickl.
Woher konnte er es wissen, er hatte mich ja noch nicht untersucht? Es war wie beim Boxen, der Chefarzt machte es grob. Meinen Rauhpatz vor Augen hat er vielleicht was begriffen.
Der Nickl sträubte sich hart, woran hätte es ein Nickl erkannt? Das müßte schon Totschlag sein, seine Frau war verschlossen. Der Nickl konnte nicht daran glauben, der Nickl

hatte ja gar nichts gemerkt. Da lieferte er mich doch nicht einer Anstalt aus, er war noch mit mir zufrieden.
Hineingemauert hatte er mich, ich hatte mich hineinmauern lassen, was konnte fehlen?
Da nahm der Arzt ihn in einen anderen Raum mit, wo er ihn zwang.
Dort brachte er Dinge aus ihm heraus, die glaubte der Nickl verborgen wie Sünden, die man nie zugeben wird, Geld kosten sie, wenn man sie zugibt. Dem echten Forscher war er ein gefundenes Fressen.
Im Schock entriß man ihm, was sich sperrte. Da war der Nickl seiner gehüteten Perlen beraubt, da wurde er häßlich. Da wurde er nackt, ungeschützt. Ehebrüche waren auf einmal wahr. Dem Nickl paßte das nicht. Wohin war er ganz ohne sein Zutun geraten? Der Nickl hat es mir nie gestanden, ich kannte ihn gut. Aus seinem Verhalten zog ich meine Schlüsse.
Ein Ehemann ist ein potentieller Schuldiger für die Anstalt, seine Fehltritte kennen sie gern, wenigstens, was ihm bewußt wird, und das ist nur ein schmächtiger Teil. Sie zapfen ihn gleich beim ersten Mal ab, wenn da was geht, da hat der Schreck ihn noch erweicht. Da kann man ihn noch überrumpeln. Beim nächsten Mal hat er sich schon gefaßt.
Den Kopf reißen sie ihm nicht herunter, der Ehemann bringt die Mark, er wird schon aus dem Grund geschont. Aber wissen muß es der Arzt. Der Arzt versetzt sich auch in den leidenden Teil, juristisch geriet er in eine gefährliche Lage.
Zu mir sagte er: »Denken Sie daran, wie Ihr Mann jetzt heimfahren muß. Ihr Mann hat jetzt ein sehr schweres Erlebnis.«
Ich war da schon gebadet, ich habe den Nickl nicht mehr gesehn. Sie baden einen nämlich. Dann liegt das schon am Tisch, was man in den Taschen versteckte, vorausgesetzt da war was versteckt. Die Schwester vom Dienst legt alles säuberlich aus.
Nur das Taschentuch geben sie einem wieder. Das Geld nehmen sie einem weg. Die franziskanische Armut tun sie dir an, du hast es ja nicht unter der Zunge.
Sie haben recht, du hast unrecht, dafür bist du hier.

Für die Schwester bist du eine Kranke, du kennst dich die längste Zeit für gesund. Da mußt du nachsichtig sein. Sie hält dich für jemand, mit dem du dich nicht identifizierst. Denn du wirst wieder gesund. Du hast immer noch deinen Auftrieb.
In dieser ersten Nacht war ich nicht einmal erschüttert. Mein Geist war viel zu beschäftigt. Denkfetzen trug es wie eine Windsbraut daher. Ich war erleichtert, als das Phänomen sich entpuppte. Es zerschmetterte mich nicht mehr. Spezialisten fielen ihm in seinen erhobenen Arm, Schlimmstes verhüteten sie.
Die Zelle war kahl, das Fenster vergittert. Die Tür ließ sich nicht zusperren, es war eine Schwingtür.
Wer wollte, drang von den anderen Kranken herein und fuchtelte mir am Gesicht. Mit dem Busen stieß eine Sirene die Tür auf. Sie heulte mir aus einem gesehenen Theaterstück vor. Die Stimme war zu groß für die Zelle, der Kopf zu groß für die Person, und auch die Person war schon groß. Den Platz beengte, die Ohren erschütterte sie. Sie fiel durch die Tür nach vorn, stürzte aber nicht hin. War sie glücklich am Gang, schwenkte sie auf dem Absatz wieder herein, und ich seufzte.
Die Sirene heulte noch vom Büro her, wo sie einen lautstarken Anfall erlitt. Der Zusammenbruch jagte sie noch, eine Spritze hatte ihn noch nicht gedämpft. Sie war der vorläufige Geschmack von allem, worauf ich mich gefaßt machen mußte. In der Unterwelt lebte ich. Mit dem Leiden in den übrigen Zellen war ich wie durch kommunizierende Röhren verbunden.
Aus der geschlossenen Abteilung brach der Nickl mich schon nach zwei Tagen heraus.
Er war hergefahren vor der Zeit. Die Schwingtür riß er auf, sich zu überzeugen, noch im Schritt kehrte er um. Ich saß ihm zu verloren am Tisch. In eine kahle Hand hatte mein Blick sich geflüchtet, dem Nickl konnte das nicht gefallen. Schon draußen am Gang mußte er sehn, was ihm erst recht nicht gefiel.
»Meine Frau verdient das nicht,« beschwerte er sich beim Chef.

»Zur Behandlung gehört der Schock, daß die Kranke die schlimmeren Fälle sieht. Vierzehn Tage geschlossene Abteilung sind nötig.«
Der Nickl ließ es nicht zu und er drohte: »Ich nehme meine Frau aus der Anstalt heraus.«
»Sie können die Kranke nicht mitnehmen. Sie können die Kranke in dem Zustand nicht sich überlassen.«
»Es gibt andere Anstalten,« wußte der Nickl darauf. Da hatte er mit seinem Instinkt den Meister geschlagen, der Chef sparte die grobe Abschreckung aus. Ich wurde in die offene Abteilung versetzt, in den Park konnte ich laufen. Auf den Gängen war es nicht voll, das Zimmer freundlich.
Der Nickl trat an wie ein Rotzbub, der seine Mamma nicht hat. Er war völlig verwahrlost, sein eigener Zustand drückte sich darin aus.
Er hatte mir einen kleinen Ball mitgebracht, weil der Chef es ihm riet. Den Ball nahm ich an, das war ein gutes Zeichen. Ich hatte nichts gegen den Nickl, war er nicht der rauhe Patron, der mich fälschte.
Den Ball schnellte ich in die Wolkenlämmer hinauf und ging unter ihm durch, ich lachte ihn aus. Ich holte ihn mir, kehrte er nicht zurück. Den Ball brauchte ich, mein Arm blieb gelenkig. Eine Nase bekam ich wie ein Hund.
Nur die Beine rutschten unter mir fort und gewannen ihr eigenes Leben, als hätte ich einen Rausch. Ich bewegte mich wie auf Rollen dahin, meiner unteren Partie traute ich nicht. Mit heimtückischer Unregelmäßigkeit riß es mich vom Ort. Andere behaupteten von sich nicht weniger. Die Selbstbeobachtung wurde in dem Haus übertrieben.
Die Medizin tat ihre Arbeit. Ich lag unter der Glocke der Nacht. Aus dem Zwerchfell glühte durchdringende Angst, in ihrer Reichweite blieb ich. Von den Plagen wurde ich solange geschüttelt, bis ich wieder hinausfand, wenn da noch eine Fähigkeit zum Hinausfinden war. Blutunterlaufene Quellaugen warf mir der Spiegel zurück.
»Das treibt die Medizin heraus,« sagte der Chef, wenn sich der Nickl entsetzte.
Die Schwester vom Dienst überwachte mich, ob ich die Medi-

zin wirklich nahm. Manche weigerten sich. »Na,« sagte sie, »Sie schlucken ja prächtig.«
Sie war eine Gans. Natürlich schlucke ich prächtig. Ich sah der Medizin ja nicht an, welche folgenschwer war. Oft machte sie nichts, was ich direkt merkte. Sie liebte es mich zu überraschen. Ich lebte wie auf der Schaukel.
Jeder reagierte nicht gleich, der Chef probierte es aus. Der Chef konnte mir die Persönlichkeit so verändern, daß sie erlosch, meine Initiative mir rauben, meine schöpferische Potenz. Ich mußte mich da ganz auf den Chef verlassen, er füge mir nur das Notwendige zu. Ich hielt ihn für einen gerechten Mann.
Der Chef trug seine Unabhängigkeit vor sich her wie seinen leichten Bauch, mit Festigkeit und gelassen. »Wir haben im letzten Krieg eine Reihe von Leuten gehabt, die nicht krank geworden wären ohne den Krieg,« sagte er freiwillig; jeder durfte sich seinen Vers machen auf die große Zeit. Ich las in seinen Gedanken, daß er dem Hitler mißtraute.
Der Chef stellte mir manche Fallen, Denkfelder tastete er ab, meine Reaktion war in Ordnung. Er konnte mich nicht zu unnötigen Ausgaben verleiten. Ich half dem Nickl sparen, wenn es denn notwendig war. Der Chef legte mir seine Hand auf die Brust und er spähte. »Das dürfen Sie nicht tun,« entschied ich, ich hatte ein wenig gestutzt. Schnell nahm er die Hand weg und er lachte.
Es gab nur zwei Faktoren, die hatten mich in zu dichte Enge getrieben. Wenn er dort hinkam, wurde es heiß. Die Scheißpolitik und das Geschäft. Eigentlich war es dasselbe, das eine kam nur vom anderen.
»Wollen Sie sterben?« fragte er mich.
»Ich kann nicht sterben,« behauptete ich, »ich muß schreiben.« Ich hatte mich da gar nicht besonnen.
»Möglichkeit und Unmöglichkeit liegen bei Ihnen sehr nahe beisammen,« gab er mir zu.
Der Chef konnte noch unterscheiden, wen brachte das Unrecht herein. Mein Fall war nicht einzeln. Unrecht hielt er für Unrecht. In den Anstalten drängten die Menschen sich zusammen zur Traube, sie waren überbelegt.

Der Chef gehörte zu den Begabten, das war sein natürlicher Köder, er kaperte mich. Ich gehorchte mit fliegenden Fahnen, er mußte meinen Willen nicht brechen. Auf Begabung anzusprechen, danach verlangte mich sehr. Sie hatte mir in meiner Umgebung am meisten gefehlt.
Der Chef stellte sich auf eine erreichbare Stufe, das war sein Trick. »Ich leide an Gedankenflucht,« gab er zu, »ich bin so zerstreut.« Schon faßte man das Vertrauen. Man mußte ja nicht vollkommen sein.
Eine Scheinerfüllung schluckte ich, als wäre ich nicht aufs Trockene geworfen, kam ich erst wieder heraus, als wäre ich nicht ausgesetzt wie zuvor.
»Vor dem Heimkommen fürchtet sie sich,« enthüllte der Chef. »Da ist nichts zu fürchten,« triumphierte der Nickl prompt. Nie sah er die Folgen.
Der Chef stellte sich vor seine Kranken. Er gab ihnen nicht recht im Prinzip. Er wußte aber, wo er sie verteidigen mußte.
In der Anstalt wohnten rassisch Verfolgte nach alten Verträgen, auf die sich der Chef berief. Sie hatten sich eingekauft in einer besseren Zeit, das blieb ein juristisches Faktum. Als Lebenslängliche wurden sie in der Anstalt gepflegt. Ihr Platz war kein erschlichener, er war ein bezahlter. Der Chef suchte sie zu behalten, sie mußten ihm ein einziges Zugeständnis machen: sie verließen die Zimmer nicht. Ihre frische Luft holten sie, wenn andere schliefen.
Ich hörte sie rufen, hatten sie ihren schlechten Tag. Dann verlangten sie laut nach Personen, die schon gar nicht mehr lebten, als könnten die ihnen helfen. Die verschollenen Namen riefen sie stundenlang.
Am Sonntag wurden sie von wunderschönen jungen Mädchen getröstet, das waren die Töchter, die Nichten. Die wollten sich schmücken wie alle und konnten noch lachen, weil sie nichts wahrhaben wollten. Wie Rosen glühten ihre Bänder im Haar.
Wie lang kämpfte der Chef mit dem Rücken zur Mauer? Wie lang hielt er es durch, wann verließ ihn der Mut und die Kraft? Schon wurden Unheilbare aus den Häusern ver-

schickt. Die Partei zog ihren strengen Kamm durch jede einzige Anstalt. Sie siebte die Krankenlisten, bedrohte die Ärzte. Rückfällige waren lebensunwert. Die Kranken wußten es nicht offiziell, aber sie hatten Antennen dafür. Das Gerücht flog sie an wie ein Geruch.
»Alle wird man sie holen. In Linz ist Sammelstation,« behauptete der abgemagerte Richter, der sich hinter seiner Krankheit verbarg. Seine Berufserfahrung ließ ihn nicht schlafen, und er fühlte sich als die Figur, der man nicht glaubt.
Er war der Mann, der mit Windmühlenflügeln kämpft, kann sie aber nicht halten. Sie schaufeln gespenstig über ihn weg, ohne daß er sie beeinflussen kann.
Man war ihm auf den Fersen. Er hatte Recht gesprochen, ohne daß er eine Hornhaut bekam. In der Ungnade war er. Krank nannte man, was anderwärts richtig war und lächerlich wurde, wer Kritik sich bewahrte.
»Wir sind zu vertrauensselig,« sprach es aus ihm heraus.
Er wußte zuviel und hatte davon einen Geschmack wie Galle. Sein Pessimismus hatte ihn an diesen Ort gebracht. In die deutsche Rechtsprechung schaute er wie ins Gestrüpp von Fangarmen, die auf den Unvorsichtigen lauern. Denn wen sie einmal streiften, den zogen sie auch schon hinein. Als ein Gebrochener kam er im besten Fall wieder heraus.
Der Richter schwieg von seinem Widerstand, er beschrieb nur die Leiden. Daß er den Mund halten mußte, war ihm in seine Glieder geschossen. Wie Vergiftung fuhr es in seinem Leib herum und manchmal spie er sie weg und suchte mit Sorgfalt seine menschlichen Speitöpfe aus. Er war ein erwachsener Mann, bücherwissend, das alles half ihm nicht mehr. Andere sollten ihm helfen.
Ich ließ mich kaum blicken im Park, da steuerte er mich zielbewußt an, als könne die soviel jüngere Person ihn befreien von seinem Zwang, als fände er bei mir, was seine Erfahrung nicht finden konnte, als schriebe er mir eine heilende Kraft zu.
»Ich kann nicht mehr schlucken,« verriet er mir ohne Scham, die Stimme gickste ihm vor Entsetzen.
»Natürlich können Sie schlucken.«

Ich verbreitete Optimismus, wie es die allgemeine Verabredung war. Er nahm es mir krumm, daß ich ihn nicht verstand, sein Zorn tanzte im Schuh, es hielt ihn nicht still. Der ganze Mann schwirrte vor mir wie die Libelle, so regte es ihn auf.

»Sie verstehn mich nicht,« krächzte er. »Ich will ja schlucken. Um jeden Preis will ich schlucken, ich versuche es ja, ich strenge mich an. Aber es geht nicht. Da ist ein Mechanismus kaputt. Wenn der Mensch nicht schlucken kann, muß er sterben, er ernährt sich nicht mehr. Begreifen Sie doch, ich ernähre mich nicht.«

»Man wird Sie künstlich ernähren.«

»Aber doch nicht immer. Dafür reicht mein Geld nicht.«

Er mußte verzweifeln, glaubte ich nicht daran. Dabei wollte er nichts lieber, als daß ich ihm sein jüngstes Leiden aus dem Hals riß wie eine Zangengeburt.

Ich konnte das nur, wußte ich, wenn ich nichts darauf gab. Er nahm sich zu wichtig, das war ein Teil seiner Krankheit. Es gab keine Erleichterung, wenn er sich nicht vergaß.

Morgen würde er wieder schlucken, in zwei Tagen oder in drei. Dann würde sein Leiden ersetzt sein durch ein anderes Leiden. Die gepeinigte Seele griff eine neue Stelle in seinem Organismus an.

Nie wäre er in die Anstalt gekommen ohne die braune Zeit. In einer anderen Zeit hätte er sich ertragen. Er wußte, was wir nicht wußten, und das hielt er nicht aus.

Jetzt wurde er abgelenkt, ein Rechtsanwalt war seinem Auto entstiegen und setzte einer entmündigten Durchlaucht den Kopf zurecht. Der Rechtsanwalt schritt durch den Kies, Erkennen zuckte in seinem Gesicht, der Richter war ihm vom Gericht her kein Fremder. Sofort versteifte er sich. Der Rechtsanwalt grüßte den Richter nicht. Gewohnheitsmäßig schnitt er einen Verfemten.

An diesem sicheren Ort war der Richter so wenig darauf gefaßt, es demütigte ihn. Er fuhr zusammen, sein Auge senkte sich scheu, er ließ sich nichts merken. Dann schaute er mich in hoffendem Einverständnis an, ich faßte den hoffenden Blick. Ich hätte ihm schon sagen können, wer hier ein Hammel war. Der Richter versuchte zu lächeln, im Gesicht wurde es nur ein Riß. Er hatte sogar seinen Kehlkopf vergessen. Verwirrt kehrte er auf sein Zimmer zurück, er wollte nicht, daß man ihn darauf ansprach. Er würde drinnen herumlaufen, die Empörung verwinden.

Wir alle trugen Optimismus vor uns her wie eine Attrappe und meinten es mit unserem Nächsten gut. Die Langeweile war der Beginn der Besserung. Bei jedem war es anders, bei keinem das gleiche.

»Ähnlich vielleicht, aber nie gleich,« sagten die Ärzte. »Das Krankheitsbild hat sich noch nie wiederholt.«

Ein Arzt, den seine Familie entmündigen wollte wegen hemmungslosem Egoismus zeigte sich selten. Er kämpfte um seine Überlegenheit über uns, er war hochintelligent. Er frug mich aus, was ich an Heilmitteln bekam.

»Wie? Das wissen Sie nicht? Aber dafür müssen Sie sich interessieren. Sie können das doch nicht einfach schlucken. Sie können sich doch nicht einfach umbringen lassen. Also was bekommen Sie da herin? Bekommen Sie Paraldehyd? Solang Sie kein Paraldehyd bekommen, ist es nicht tragisch. Da müssen Sie aufpassen. Damit müssen Sie sich befassen.«

Er packte mich am Arm, als böte er mir eine Lebenshilfe an.

»Aber vergessen Sies nicht. Das können Sie leicht merken. Denken Sie bloß: paar alte Hüt! Sehen Sie, wie leicht Sie das merken.«

Raubvogelhaft fuhr er auf einen herunter, teilte unerbetene Ratschläge aus und gab sich den Anschein von Macht.

Er mängelte am eigenen Gangwerk.

»Haben Sie schon bemerkt, wie Sie da herin gehn? Als rutschten Ihnen die Beine unter dem Rumpf weg, ganz infam weichen sie unter einem aus. Als ließen sie einen im Stich und wollten sich trennen. Das kommt nur von den Mitteln. Ist Ihnen aufgefallen, wie Sie erwachen? Von einem Augenblick zum anderen sind Sie schon da. Da ist nichts mehr zwischengeschaltet. Als ein Gesunder gleiten Sie ins Aufwachen hinüber durch verschiedene Schichten. Sie durchlaufen eine Reihe von Zuständen, selbst wenn der Ablauf verkürzt ist. Da ist die gewisse Bremse. Sie müssen über einen Widerstand weg. Hier ist das Aufwachen ganz unvermittelt, ein schnöder Ruck. Sie schlafen noch, Sie sind schon wach. Geheimnislos.«

»Na wenn schon.«

»Gar nicht wenn schon. Mit uns wird manipuliert. Es hat keine Würde.«

Die Opfer der Zeit gab es auch anders herum. Leidenschaftliche Mitläufer, die der Geltungsdrang verzehrte, wenn sie nicht herankamen ans fördernde Band.

Der Teufel saß im Gebirg und lachte und blies es einem heißspornigen Pater ein. Da predigte er von seiner katholischen Kanzel herunter: »Den Führer hat uns der Herrgott geschickt.« Sein Orden strafte ihn disziplinarisch.

Er drückte mir den spaltenlangen Ausschnitt seiner Heimatzeitung in die Hand. »Ich gebe Ihnen meine Leidensgeschichte zu lesen.«

Beim Eintritt ins Kloster hatte er das Gelübde der freiwilligen Armut ablegen müssen. Bei der Ausstoßung hatten sie ihn ausgezogen bis aufs nackte Hemd. Was er anhatte, gehörte alles dem Kloster.

Da ließen sie ihm nur, was seine Blöße bedeckte und warfen es ihm noch vor, daß das Hemd ihm auch nicht gehörte, man werde nur gnadenhalber ihm den Fetzen lassen.

»Ich habe jahrelang für den Orden gearbeitet,« beklagte er sich bei mir, »nicht einmal ein Hemd stand mir zu.«

Es wäre nicht nötig gewesen. Man schuf nur neues Ärgernis. Die Kritik ging seltsame Wege.

»Im Hemd haben sie mich zu Fuß zum Bahnhof geführt, durch die ganze Stadt, wo mich ein jeder kannte. Nur weil ich Zeugnis gab. Hier lesen Sie alles nach!«

Er rannte offene Türen ein und hielt es für Zeugnis. Sein mittelalterlicher Bußgang ließ ihn nicht ruhn. Erst später wurde er untersucht von einem Arzt. Sein Orden wünschte ihn in der Anstalt verborgen.

An seinen guten Tagen merkte man nichts. Man hielt ihn für den Geistlichen, der die Besuche machte. Doch führte er ein doppeltes Leben. Am Morgen verschwand der Pater in die offene Stadt seine Messe zu lesen. Am Vormittag jagte er bei den Parteistellen seiner persönlichen Freiheit nach und zeigte die Zeitung herum, die ihn legitimierte. Man bot ihm eine Stelle an in der Partei. Aber da hätte er seine Priesterschaft ablegen müssen, das lehnte er ab. Er wurde nicht weltlich.

»Ich habe schon sämtliche Weihen, ich bin Priester,« erzählte er jedermann. »Ich werde doch nicht abtrünnig sein.«

Ich beobachtete ihn von fern. Er lechzte nach Anerkennung bei der Partei. Erdbebenhaft erlitt er den Einfluß, es teilte sich ihm mit wie der willenlosen Muschel die Stöße, er konnte dem nicht entfliehn. Gleichzeitig fürchtete er seinen persönlichen Gott, die Berufung fühlte er an sich haften. Er konnte sich nie entschließen, daß er aus seiner Bahn sprang, den Hitler wollte er hineinzwingen in seine Bahn, was es nicht gab, wollte Unvereinbares vereinen. Möglichkeit und Unmöglichkeit stießen niemals zusammen.

Gern wäre er Protestant geworden, dann hätte er heiraten dürfen trotz einer Priesterschaft. Der Chef hatte seine eigene Auffassung vom Zölibat und was es aus Menschen machen kann.

Der Pater durfte sich auch nicht töten, es gab keinen Ausweg. Sein Gedanke klammerte sich an einen Krieg, bevor es zum Münchener Abkommen kam, er hoffte auf den englischen Widerstand.

»Wenn es zum Krieg kommt, melde ich mich am ersten Tag schon ins Feld. Wenn ich dann sterbe, hat Gott es gewollt.«

Am meisten beschäftigte sich jeder mit sich allein.

Ich erinnere mich an die ersten Wochen und eine gewaltige Wut, an einen Überdruck, als ob er mich umbringen müsse. Es wollte mich umbringen, gleichzeitig stand ich daneben, beobachtete meine Wut. An das Fallgitter dachte ich, das sie vor meinen Fenstern herunterließen in einer bestimmten Nacht, da fürchteten sie, daß ich sprang. Ich hatte ja nicht die Absicht. Da fing ich ernsthaft zu grübeln an, als wüßten es diese Erfahrenen besser, als könnte es mich im Schlaf überfallen.

Alles war anders geworden, ich war so verarmt. Ich fühlte mich einer Substanz beraubt, die ich ständig vermißte. Die Mittel waren aufs Herz gegangen. Mein Arm schlenkerte weiß, wenn ich durch den Park ging. Die innere Beuge des Ellbogens grinste vor Blässe. Ich war ein schwankes Rohr geworden, das leicht erschrak. Sie fügen es einem zu, dachte ich.

Ich versuchte Männchen zu zeichnen, alle im Profil und alle sahen mir wie die Ziegen aus, sie machten einen reduzierten Eindruck. Ich zeichne Mangelerscheinungen, fuhr es mir durch den Kopf, da hörte ich mit Zeichnen auf. Meine Männchen gefielen mir nicht.

Ich war so verarmt. Zwar gab ich nicht wirklich nach, das wußte ich immer. Im Wesentlichen gab ich nicht nach. Ich setzte nur aus.

Es gab rätselhafte Kontakte. Ich wußte zum Beispiel, am Staatstheater proben sie die Nibelungen. Ich hatte nirgends darüber gelesen, zu mir kam keine Zeitung. Mit keinem Wort hatte mir wer was gesagt. Ich wußte es aber und verriet es dem Chef, daß er stutzte. Es war eine Verwischung von Grenzen, die man als gesunder Mensch nicht erfuhr.

Nur weil die Grenze verwischt war, war mir im Park der fliegende Vogel vor die Brust geprallt. Wie ein Stein hatte er mich geschlagen mit der Wucht von seinem Flug und war an mir gestürzt und kannte sich flatternd nicht aus. Als ob er durch meinen Leib hindurchfliegen wolle, so zielstrebig war er gekommen.

Er hätte mich eher gespürt, hätte ich den Sperrkreis um mich gehabt, wie ihn der Gesunde sendet, ohne daß er es weiß, und dem ein Tier ausweicht, wenn es nicht angreifen will. Der Vogel wollte mich ja nicht angreifen, er flog einfach in mich hinein.

Die nächtliche Begegnung werde ich nie vergessen, viel später holte sie mich ein, da war sie mir schrecklich klar.

Ich hatte besondere Erlaubnis, daß ich Luft schnappte, bevor ich zu Bett ging, ich durfte spät in der Nacht noch hinaus in den Park. Unter den Bäumen schlug Finsternis über mir zusammen. Wie verschluckt und getarnt bewegte ich mich voran. Die Türen klappten nicht mehr. Ich hatte mich zu lang versäumt, die Leuchtuhr mahnte mich schon. Ich hastete dem Brunnen zu vor dem nachtdunklen Haus.

Da huschte einer vom Brunnen, fledermäusig, als hätte ich ihn über die Entfernung weg alarmiert. Er flüchtete vor mir wie ein Wisch, im Stillstand hatte ich ihn nicht unterschieden.

Den Wisch in Hosen sah ich zickzackig den Lichtschein spalten. Nah am Portal floh er doch ratlos. Ich stutzte, weil der Umnachtete sich an der Hausmauer verfing, sie hielt ihn rätselhaft auf.

An ihm vorbei trat ich Steinstufen hinauf, er klebte zitternd daneben. Er wäre so leicht durch die Glastür in seine Männerabteilung gewischt. Seine panische Verwirrung erlaubte das nicht, er stöhnte. Er ertrug nicht, daß es mich gab. Er krümmte sich von mir weg und schraubte sich in die unnachgiebige Mauer hinein, vor Entsetzen jagten seine Arme den Stein hinauf. Die Angst wollte ich ihm nehmen.

»Aber lieber Mann,« versuchte ich, »ich tue Ihnen doch gar nichts. Vor mir müssen Sie sich nicht fürchten.«

Schabend wich er nur desto mehr, ich sah sein preisgegebenes dünnes Genick. Ich konnte für den Verstörten nichts tun als schleunigst verschwinden und drehte mich von ihm weg und ließ ihn der leeren Nacht. Blindlings rannte ich meine Stiege hinauf. Ich konnte mir nicht einmal denken, wen er an mir sah.

Für ihn war ich auch nur eine von diesen Deutschen, ich wußte es plötzlich. Ihm taten alle was, er fürchtete alle.

Es war der rassisch Verfolgte, entdeckte ich am anderen Tag, der Mann mit den vierzig Christusbildern in seiner Zelle, vor denen er sich anklagte, den Rock zerriß. Ihn hatte die Religion geschlagen.

Er lebte schon zwei Jahrzehnte hier mit seinen Bildern und war nicht heilbar. Täglich bereute er, als sei er nach zweitausend Jahren unmittelbar an der Kreuzschlagung schuld, und jetzt brach eine braune Zeit über ihn herein und holte den sich schuldig Fühlenden furchtbar ein.

Denn wenn der Richter recht bekam in seiner galligen Ahnung, wenn der Chef aufgeben mußte und wenn er der Gewalt wich an jenem Tag, wo nichts mehr retten kann, weil es dann heißt, entweder er oder ihr beide zusammen, er aber in

jedem Fall – dann war dem Verfolgten nicht zu helfen, dann mußte er doch noch nach Linz.
Ich setzte mich auf mein Bett und verlor jede Fassung.
Nach der Behandlung ließ das Gehirn mich im Stich, ich konnte Zusammenhänge nicht bilden. Ratlos stand ich vor dem, was sich entzog, es mußte erst wieder wachsen. Nicht alles wuchs, das Gedächtnis hatte gelitten. Die Konzentration fiel mir schwer.
Du bist es und bist es doch nicht. Wenn einem ein Bein genommen wird, fehlt ihm das Bein, das Bein leugnet man ihm nicht ab. Wenn etwas sich verändern mußte in deinem Gehirn, ein Häutchen hineinwuchs, eine Vernarbung entstand, das hängt dir nach, man siehts nicht von außen. Alles schlägst du heraus aus einem Stein. Du hast dich verlangsamt, damit sollst du in der Manege bestehn.
Außerdem gab es den Nickl, um den ich nicht herumkam.
Wenn du was nicht aushalten kannst, aber aushalten mußt, stellt der Arzt dir die Weiche um, hast du deine Krankenkasse bezahlt, dein Fahrplan wird anders. So bildete der Nickl sich ein. Umkrempeln wollte er meine ganze Person. Da tat der Chef nicht mit, der Nickl begriff das nicht. Der Chef sprach ein vorläufiges Machtwort, der Nickl schwitzte. Er hatte zugegeben unter Männern, was am letzten die Ehefrau weiß, da war er seiner gehüteten Perlen beraubt. Da konnte der Chef ihm ein Versprechen entreißen, das Versprechen, das er vor der Ehe schon einmal gab. Diesmal wollte ich sorgen, daß er es hielt.
Der Nickl suchte dem Chef zu gefallen, solang er der wichtige Mann war. Das deckte sich nicht mit seinem natürlichen Verhalten. Es überforderte ihn. Unter Heilung hatte der Nickl verstanden, mir werden die Fähigkeiten umgestimmt, ein Geschäftstiger kehre ihm zurück. Jetzt mußte er hören, daß die Menschen nicht gleich sind. Das enttäuschte ihn tief.
Eine meilenlange Reaktion zeigte der Nickl darauf, es stellte sich erst auf die Länge heraus. So schön fing es an, der Nickl versuchte sein Bestes. Unwiderstehlich glitt er in sein Fahrwasser hinein. Er schimpfte auf diese Anstalt, sie gab ihm nicht recht.

Kopf hatte ich nur den einen. Jetzt war es am Nickl. Diesmal probierten wir es anders herum. Unwissender Nickl, einmal wollte er über sich hinaus, sein Widersinn hatte gekuppelt. Wo er B sagen sollte, das konnte er nicht. Essen mußte er, was er sich eingebrockt hatte. Ich fürchtete, was darin schlief.

Günther Rühle

Erzählungen vom Leben

Hörte man Marieluise Fleißer im Gespräch zu, zweifelte man, ob sie überhaupt erzählen könne. So etwa, wie Carl Zuckmayer erzählen konnte. Aus ihrem Mund flossen keine erlebten Geschichten, sie malte nichts aus, wollte sich nicht vom Gegebenen fabulierend entfernen, so daß man im Zuhören die Lust des Erzählers am Fabulieren, am Ausschmücken des voll Durchlebten als das Prinzip des Erzählens selbst hätte wahrnehmen können. Marieluise Fleißer gab kurze, karge Antworten, fast immer sachliche Details (so oft wiederholt, daß sie schon wie gestanzt wirkten). Man mußte sie immer wieder durch Fragen zum Sprechen bringen. Eine Erzählerin war sie nicht. Wenigstens keine mündliche. Die Geschichten, die sie in sich hatte, waren versteckt, und es brauchte Zeit, bis sie herauskamen. Wenn sie kamen, dann in der stummen Form des Schreibens. Sie schrieb sich etwas von der Seele.

Mit Erzählungen hat sie begonnen, als sie noch Studentin in München war. Die ersten hat sie Lion Feuchtwanger vorgelegt, der die »expressionistischen« davon verwarf. Sie hat sie vernichtet. Mit Erzählungen hat sie sich in den zwanziger Jahren in Berlin durchgeschlagen, als sie für Zeitungen schrieb. Nie fiel es ihr leicht. Von den frühen Erzählungen hat sie darum manche zwei-, dreimal, oft unter verschiedenen Titeln, verkauft; manche Geschichten änderte sie immer wieder, als fehle es ihr an Stoff. Brecht, der ihr zu dem Ruhm verhalf, eine Dramatikerin zu sein, hat auch auf ihre Erzählungen gewirkt, und welch eine Herausforderung er für sie war, kann man nachempfinden, wenn man die erste erhaltene Erzählung von den »Dreizehnjährigen« und einige aus der späteren Zeit des Alleinseins vergleicht mit jenem Juwel deutscher Erzählkunst, von dem sie 1925 sagte, es sei »aus spontaner Begeisterung für den jungen Brecht« geschrieben, nämlich »Abenteuer aus dem Englischen Garten«.

Mit Erzählungen hat sich Marieluise Fleißer noch die Unerträglichkeiten der Kriegs- und Nachkriegszeit von der Seele zu schreiben und nach den Jahren des Schweigens auch ihr literarisches Talent wieder zu wecken versucht. Wenn sie auf die Sensationalisierung ihrer dramatischen Laufbahn von 1929 zurücksah, wollte sie sich lieber als Erzählerin verstehen, aber sie war sich nie sicher, ob sie eine sei. Ihr fehlte es gewiß nicht an Wörtern und Sprache, wohl aber an Phantasie. Sie konnte nur schwer poetische Handlungen erfinden und sie kunstvoll verknüpfen. Alle ihre Geschichten sind Stücke ihres Lebens; viele davon sind voll von eigenem Lebensgeröll, und die wenigen, die sich dem eigenen Erleiden nicht verdanken, sind durch Beobachtung, durch Berichte aus nächster Nähe in den eigenen Lebenskreis aufgenommen. Es sind »wahre«, der Lebenswahrheit abgerungene Geschichten.

Von der ersten bis zur letzten sind dies ihre Begleittexte: »Die ›Dreizehnjährigen‹ gehen auf eine Bekanntschaft meiner Kinderzeit zurück«; »›Stunde der Magd‹ hat seinen Ursprung in einem Ereignis in meinem Vaterhaus«. »Moritat vom Institutfräulein« behandelt »die Scheuklappenerziehung der Internatsbildung«, dem »Abenteuer aus dem Englischen Garten« »liegt die Begegnung mit einem jungen Maurer im Sommer 1924 zugrunde«. In den späten Erzählungen ist der Bezug zur eigenen Biographie noch offensichtlicher. »Der Rauch« (1964) enthält Erlebnisse in und nach dem Krieg in Ingolstadt, wo sie im Tabakgeschäft ihres Mannes Josef Haindl arbeitete, Zigaretten über Krieg und Zusammenbruch gewissenhaft rettete und nachher in die schäbigsten Konflikte gezogen wurde. »Die im Dunkeln« (1965) greift zurück auf Erlebnisse ihres Nervenzusammenbruchs und Anstaltsaufenthalts 1938, »Er hätte besser alles verschlafen« (1949) auf den Umgang mit ihrer zwangseinquartierten Mieterin, die »meine Wohnung zur Absteige machte«. Noch von der anscheinend sehr literarisierten und symbolträchtigen Erzählung »Das Pferd und die Jungfer« (1949) sagte sie: »Eine wahre Geschichte, die eine Bekannte von mir erlebte, und in die ich mein verzweifeltes Lebensgefühl nach dem Kriege einbaute.« Nein, seit jenen frühen Erzählungen, die sie 1929 in dem

Band »Ein Pfund Orangen«* gesammelt hat, haben sich Stoff und Schreibantrieb nie geändert. Sie gibt als Erzählerin Zeugnisse aus ihrem Leben, das ein Teil des Lebens ihrer Generation ist. »Ich war damals immer fast am Verhungern«: so heißt ihr Hinweis auf die Verbindung zwischen ihrer Erfahrung und dem, was sie uns etwa im »Pfund Orangen« aufschrieb.

Darum gibt es nur wenige Erzählungen, in denen das Hauptwort nicht »Ich« heißt. Dies immer wiederkehrende »Ich« heißt auch »Ich bin gemeint, ich bin Zeuge«. »Ich stand wie ein Lamm«, »Ich wußte nicht, wie man klug ist«, »Ich war nicht erzogen, daß ich mich wehrte«, »Ich stieß nur so mit mir herum«, »Ich wurde Zielscheibe und wußte nicht wie«, »Ich galt für eine Linke«, »Ich war aus dem lebendigen Schreiben heraus«, »Mich hatte es eben erwischt«. Das ist die Schmerzspur ihrer Geschichten wie die Litanei ihrer Betrachtung. Sie hat alles »mit ihren sehenden Augen« gesehen, die Details so gefühlt, daß ihre gut zwei Dutzend Geschichten schmerzliche und doch keine larmoyanten Geschichten sind. Sie, das Subjekt der Erfahrung, hat sich als Objekt begriffen, sie war sich selbst der gewisseste Stoff. Im Bericht von sich spiegelt sie auch die Wirklichkeit ihrer Zeit: Inflation, Weltwirtschaftskrise, Hitlerreich, Schreibverbot und die Nachkriegszeit.

Ihre Erzählungen sind reale Bruchstücke aus dem Leben einer Frau, die aufgrund ihrer künstlerischen Begabung aus der engen Provinzstadt Ingolstadt nach Berlin bis in die forcierte, moderne Geistigkeit des Brechtkreises vorstößt, mit dem Skandal um ihr Stück »Pioniere in Ingolstadt« in eine Enttäuschungs- und Fremdheitskrise gerät, sich ins Heimische zurückzieht, das wie mit Fesseln auf sie wartet. Der Mann, der unter dem Namen »Gustl« oder »Nickl« in ihren Erzählungen, besser: in diesen Lebensrapporten auftaucht, ist der ihre, ein »Ungeheuer«, vor dem sie flieht und dem sie doch bis zur Erschöpfung, bis zum Aufstand ihrer Gefühle dient. Den Krisen- und Rettungspunkt hat sie in »Die im Dunkeln«

* *suhrkamp taschenbuch 991*, April 1984.

selbst benannt. »Es hat immer in mir um Hilfe geschrien ... da half nur die Kunst.« »Mit Worten tat man mir Gewalt an. Da verlangte ich nach dem ›Haus der Kunst‹.« Die Kunst war für sie das Fluchtziel, die Wörter, die Sätze, die Erzählungen, die sie niederschrieb, wurden das bergende Gehäuse, der Selbstschutz. »Ich kann nicht sterben, ich muß schreiben«, sagt sie in »Die im Dunkeln« zu dem Arzt der Anstalt und fügt hinzu »Ich hatte mich da gar nicht besonnen«, um zu bekunden, daß Schreiben das innerste Verlangen ihrer Natur war. Es klingt, als habe sie unter einem Auftrag gestanden, den sie selbst nur vage als ein »Schreiben über Männer und Frauen« definierte. Käme jemand, der aus den schmerzlichen Geschichten der Fleißer zum ersten Mal etwas über Menschen und ihr Verhältnis zueinander erfahren wollte, er müßte sich bald fragen, warum diese Welt so falsch geordnet, die menschlichen Beziehungen so schwierig seien, da sie doch offenbar auch auf das Bessere hin angelegt sind. Solches Fragen mag andeuten, daß diese Erzählungen für das Nachdenken, für eine einfache, aber auch elementare und auf die Lebenswirklichkeit gerichtete Philosophie transparent sind.
Die Berichte aus diesem gewagten, ruhelosen und beunruhigten, auch einfach-demütigen Leben zeigen immer Täter und Opfer, Zyniker und Gedemütigte, Mißgünstige und Rechtschaffene. So sehr ihr eigenes Ich, ihre eigene Hölle auch das Zentrum von allem ist, die Erzählungen sind doch nicht böse, blind, sie sind nicht als Vergeltung gegen Erlittenes geschrieben. Die Teilnahme an ihrem Ich oder an den wenigen Verkleidungen dieses Ichs bleibt intensiv und sachlich. Wie man Welt- und Lebenstrauer spürt, so auch einen bizarren Humor.
Dieser Humor ist – auch da, wo er eine Erzählung ganz durchstrahlt (wie das »Abenteuer aus dem Englischen Garten«) – nie von der heiteren, versöhnenden Art. Er ist unfreiwillig, sperrig, er entspringt den Brüchen und Widersprüchen, den Schwierigkeiten, den Kompliziertheiten von Situation, Psyche und der Natur ihrer Personen. Er kommt zum Vorschein als Anstrengung, sich zu zeigen, etwas zu sagen, etwas herbeizuführen, sich auf eine Stufe zu heben, auf die man

nicht gehört. Das heißt: er enthält immer Beobachtetes, Bemerktes, Ertapptes. »Mein Fräulein behauptete groß und klein, was sie für eine Schlechte ist, und sie hat sich wieder einmal wie so oft bei mir vergessen. Dahin war die Friedlichkeit, aber der Jammer, der war da, und was für ein Jammer.« So erzählt der Maurer Emil in »Abenteuer aus dem Englischen Garten« von seinem Fräulein, und die unbeholfen wirkende Anstrengung des Maurers, möglichst genau und ambitiös zu sprechen, wobei ihm die Vokabeln verrutschen, enthält so viel unbewußte Selbstgerechtigkeit, daß das entfachte Lachen über die Divergenz von Anspruch und mißlingender Formulierung einem auch ein Gewissen daraus macht, warum man hier mit welchem Recht so lächelt, da der Mann doch das Opfer von eingeübten Vorstellungen, der ihm vermittelten Bildung und halbfertigen Sprechfähigkeiten ist, die uns selber nicht fremd sind.

Das heißt: der Fleißer kam der Humor mit den Dingen selber; er war ihr eingeboren, er enthielt immer ein Staunen, ein Überraschtsein (auch in der elendesten Situation). Auch wo die Rührung sich regt, folgt ihr Selbsterkenntnis zugleich. »Wer bist du denn noch, fragte ich mich, wenn schon alle auf dich herabsehen? Wenn er dich so hineinreiten mag, bist du für deinen Ludwig auch nichts weiter gewesen. Du hast ihm geglaubt, dumme Geiß, ein Luder wird er aus dir machen, wenn du noch lang an ihn denkst«, heißt es in der »Moritat vom Institutfräulein«. Dieser dialogisch auf sich selbst bezogene Humor war – so oft er ihr auch verloren zu gehen schien – ihre Fähigkeit zu überleben. Er steckte unablösbar in ihrer Sprache. Deshalb war dieser Humor auch keine literarische Gebärde, kein »Stilmittel« für eine bestimmte erzählerische Haltung und Perspektive – sie wußte kaum, was das war. Mit ihr über literarische Probleme zu sprechen, war schwer; sie lebte aus einer starken »ländlichen« Naivität, die mehrfach gebrochen war, durch ein Studium (das kaum Spuren zurückließ), aber mehr durch Hunger, durch Verlangen, durch Enttäuschung, also durch Erfahrungen, daß die Welt der Hölle näher sei als dem Himmel.

Sie erzählt darum in einfachen Formen, die sich durch ihre

Sprache und Bildhaftigkeit, durch die Verschlingung von Wahrnehmung und Gefühl mit der Anstrengung, dem stummen Leben Wörter abzuringen, komplizierten. Es ist Prosa eines ganz von der Wahrnehmung des Einfachen als eines komplexen Systems beanspruchten naiven Intellekts. Ein Beispiel: »Sie kannte in sich noch kein vielfältiges Leben der Liebe und meinte recht töricht, nach diesem würde ihr keiner mehr groß was sagen. Das war ihr wie eine Pflicht vor ihrem Leben der Seele, daß sie neben ihm aushielt. So leicht war es ihm gemacht. Alle ihre Bewegungen waren niedergehalten von der Gewißheit, daß sie sich nicht zu hoch hinausstellen durfte. Er spürte deutlich, was mit ihr vorging, gewalttätig brachte er sie sich wieder nah.« So beschreibt die Fleißer in »Ein Pfund Orangen« die wenigen Sekunden, in denen das junge, von ihrem Liebhaber betrogene Dienstmädchen diesem, der zurückkam, als wäre nichts geschehen, wieder gegenübertritt. Alles, was von ihrer Unerfahrenheit, ihrer Erziehung, den ihr eingesetzten Verhaltensnormen, ihren Ängsten, der mangelnden Selbsteinschätzung, aber auch ihrer ungewissen sozialen Situation in diesen Augenblick, in das Dastehen des Mädchens, einging, ist hier erfaßt; es ist auch als Voraussetzung dafür gesehen, daß der Mann das nun verstummte Mädchen, dem gegenüber er im Unrecht war, gewaltsam wieder an sich heranbringen kann. Lähmung und Gewalt: ein schlimmer Zustand von Liebe ist da in einem alles erkennenden Blick benannt. Obwohl die Sprache die Situation auch zu deuten versucht, hält sie sich doch ganz in Wortwahl, Satzbau, in den Verrenkungen der Begriffe (»Pflicht vor ihrem Leben der Seele«) im Denk-, Empfindungs- und Sprach-Horizont derer, die da einander weh gegenüberstehen. Das Erlittene sucht sich in der Erzählung seine Sprache, aber die Sprache sagt auch, daß sich die Personen – und zu ihnen zählt sich immer die Erzählerin – aus den Voraussetzungen dieses Leidens nicht werden befreien können. Sie erkennen selbst nicht, was in ihrer Sprache von ihnen zu erkennen ist.
Das ist die Wahrheit der Fleißer. Sie hob ihre Erfahrung nie auf eine andere Ebene der Reflexion, sondern begnügte sich in

dem, was im Berichten zutage tritt. Aber erzählend sprach sie unbewußt ins Bewußtsein anderer. Doch immer lebte und blieb sie in ihren Personen; den Personen eines kleinen, engen, aber für das Deutschland zwischen 1922 und 1950 typischen Lebens in der Schicht des Kleinbürgertums. Sie blieb dort, obwohl Bertolt Brecht sie 1925 nach Berlin rief und für ein paar Jahre herauszog aus ihrem Ingolstadt. Deshalb spielen etliche der frühen Erzählungen, die in ihrem Band »Ein Pfund Orangen« gesammelt sind, in der Großstadt, aber auch sie beschreiben die Situation der Mädchen, ihre Not, ihre Abhängigkeit, den Hunger, das Nichtwissenwohin. Was da zutrage tritt, ist wiederum das Kleinbürgerdasein im großstädtischen Umfeld, die Abgeschiedenheit von der Lebensführung der herrschenden großstädtischen Schicht. Nur in ihrer Erzählung über den Konflikt und Abschied von Brecht, in »Avantgarde« (1962) – auch dies mehr ein Rapport als eine »Erzählung« – hat sie dem Genie ins Auge gesehen – aus der Perspektive der Olga (»Die Dreizehnjährigen«, »Fegefeuer in Ingolstadt«), die sie auch – alternd – immer blieb. Als solche zog sich die aufmüpfige Fleißer wieder nach Ingolstadt zurück und fesselte sich dort bis zum letzten Tag. Fürs Leben wie fürs Schreiben war das ihr Bezirk: das kleine Leben, die Kleinstadt, die allgegenwärtige deutsche Provinz mit ihren starken Prägungen, Voreingenommenheiten, Reiz- und Haßsystemen, ihren kleinen Hoffnungen, Geschäften, Ehrgeizen und spärlichen Erfüllungen. Noch die ersten Kapitel ihres Romans (»Mehlreisende Friede Geier/Eine Zierde für den Verein«), die sie unter dem Titel »Gustl, ein Schwimmer und Retter« in einer frühen Fassung unter ihre Erzählungen aufnahm, zeugen davon. Auch in ihrem Nachlaß, in den vielen angefangenen und nicht zu Ende geführten Geschichten, gibt es genug Beispiele dafür. Freilich: es gibt da auch Entwürfe, über dieses Milieu hinauszukommen. Sie sind alle Fragment geblieben.

Obwohl die Fleißer mit ihren Schauspielen »Fegefeuer in Ingolstadt« und »Pioniere in Ingolstadt« in Berlin zwischen 1925 und 1929 berühmt wurde, hing sie an ihren Erzählungen. Sie waren das Persönlichste. Viele davon (wie »Die

Stunde der Magd«, »Er hätte besser alles verschlafen« oder »Das Pferd und die Jungfer«) haben die einfache Form der Kalendergeschichte. Aber was wurde beim Schreiben daraus?

Die Erzählung von den »Dreizehnjährigen« behandelt das Verlangen des jungen Willi Sandner nach dem Mädchen Olga, das sich dem zugereisten Vetter Pelja zuwendet. Aber das ist nur der Anlaß, um zu beschreiben, wie sich alle diese Jugendlichen voreinander spreizen, gegeneinanderstehen, Rollen spielen, sich quälen, martern, böse und gehässig, sogar tätlich werden und den jungen Sandner demütigen, bis er den Selbstmord wagt. Eine Studie über ein ganzes soziales Feld mit früh zutage tretenden inhumanen Zügen, in dem der rüde Willi Sandner schließlich nicht schlechter ist als alle anderen, die den Anschein von Wohlerzogenheit erwecken: Abbilder der Erwachsenen.

Die »Abenteuer aus dem Englischen Garten« sind eine ähnlich verquälte Geschichte einer vertrackten Beziehung, die wieder mit der Suche nach Liebe beginnt und in der Enttäuschung endet. Und ähnlich im Thema und Verlauf ist die Erzählung aus der armen Welt des Dienstmädchens in dem »Pfund Orangen«. Alles drei: Liebesgeschichten, aber negative. Zwei enden mit Selbstmord, die dritte in der Trennung und Leere; die Begegnung war jeweils ein großer Schmerz.

Es sind Erzählungen voller Erwartung, durchzogen vom Suchen nach einem Menschen, mit Rufen nach Hilfe und Stütze. Die Partner stellen sich ein, aber nicht als das, als was sie erwartet werden, sondern als Enttäuscher, als Männer, die ihre »Erlebnisse«, ihre »Freundschaften« suchen und sich ihre großen Erwartungen selbst erfüllen.

Die Fleißer betrachtet die Welt mit den Augen der armen Mädchen – auch noch in der Männerrolle. Sie weiß, wie ein kurzer Rock auf die Gefühle der Männer wirkt, wie man in der Armut seine Erscheinung aufbessert, um Eindruck zu machen, sie weiß, wie an kleinen äußerlichen Dingen, die man nicht ändern kann, weil das Geld dazu fehlt, Gefühle sterben. »So bereitwillig diese Männer im Anfang kamen und sich mit ihr unterhielten, bei einem jeden kam der Augenblick, wo er doch nach dem Ärmel hinschaute, und das war wahr, das Mädchen paßte nicht mehr recht hinein ... So spürte sie immer die Grenze, die den andern von selber von ihr abhielt und immer blieben die anderen gleich weit weg von ihrem Herzen (»Ein Pfund Orangen«). Immer werden die Trennwände sichtbar: es sind die des Verhaltens, der sozialen Bedingungen, der vergangenen Erlebnisse. Aus der umgekehrten Perspektive des Mannes (im »Abenteuer aus dem Englischen Garten«) liest sich das so: »Wie sie dem Leibe nach dicht bei mir steht, bleibt sie durch alles, was sie erlitten an eben dem Leib, durch Krankheit, durch die innere Einsamkeit der stets sich folgenden Stunden und durch das verratene Dasein und durch den ersten, den sie nicht vergessen hat, für immer von mir geschieden.« So verbogen diese Beschreibung in der »anspruchsvollen Beschreibung« des Maurers auch ist, die im kleinen Milieu eine große literarische Form nachahmt und parodiert: das Tagebuch oder den Monolog (was das gleiche ist) – so wahr ist das Grunderlebnis, daß Nacheinanderverlangen und Zusammenkommen zwei verschiedene Dinge sind.

Lieblos ist diese Welt der Fleißer nicht: der junge Willi Sandner hält beim Selbstmord die abgeschnittenen Haare der Olga in der Hand, und das Mädchen im »Pfund Orangen« sucht zu dem gleichen Zweck nach dem Bild des Geliebten, damit er sehe, daß die Hand einer Toten noch von der Liebe sprechen kann. Liebessymbole der Verzweiflung, Erfüllungen in der Vernichtung. Möglichkeiten der Liebe sind da, aber – das ist ihre Frage – wo ist diese Erfüllung?

Bei ihren Beobachtungen hat die Fleißer immer gesehen, daß die Fähigkeiten, sich zu martern, größer sind, als sich zu lieben. Das war ihre Klage, darum hat sie immer auf Erlösungen gewartet. Daß die Frauen die zu erlösenden waren, daß sie einen Anspruch auf Liebe haben, das wurde ihr wichtigstes Thema. Sie hat ihre eigene Sehnsucht nach Liebe als eine allgemeine Kraft dargestellt, durch die die Welt menschlicher werden kann. Sie hat auch die Hemmungen der Männer gesehen, sich den Frauen gegenüber anders als fordernd und gewalttätig zu verhalten. Schon in der ersten Erzählung sagt der junge Pelja, man dürfte die Frauen nicht fragen: »Wer fragt, ist schon verloren.« Das heißt, wem als Mann so jung solche Sätze im Kopf sind, der wird das Los der Frauen nicht bessern. Er festigt das bestehende Gewöhnliche. Er ist unfähig zum Gespräch und kein Helfer. In ihrem Bericht aus der Nachkriegszeit »Rauch« heißt das Fazit aus ihrer Ehe, »daß ich für ihn (Nickl) der Sündenbock war«.

Die Erzählungen der Fleißer enthalten vielleicht darum keine Gespräche, mit denen sich Menschen zueinander öffnen können. Die Erzählungen sind monologische Berichte von Erfahrungen, Verstörungen und Trennungen. Durch die verzogene Sprache der Sprecher scheinen die sozialen Verhältnisse, der Zustand der Gefühle und die Beziehungen zwischen beiden selbst als verzogen.

Anscheinend ist der Raum, den diese Erzählungen beschreiben, sehr eng. So eng wie das Geschehen, an dem sie die Wirklichkeit sichtbar machen. Aber liest man sie zum zweiten Mal und verfolgt im einzelnen die Entwicklung der Gefühle, das Leben und Sterben der Beziehungen zueinander, das Wachsen der Erwartung, das Hin und Her, das Eindringen von Angst, Unsicherheit, Aversion, auch von Gewaltsamkeit, Leere und Sterben, so dehnen sie sich plötzlich und erscheinen in der Abkürzung des Zeitraffers wie ganze Lebensläufe, die im einzelnen das Allgemeine, im Vorübergehenden das verfestigte Soziale durchblicken lassen. Am deutlichsten ist das im »Abenteuer aus dem Englischen Garten«. In der Geschichte von einem schwierigen Zusammenkommen und Scheitern ist eine lange Lebensreise beschrieben. Wenn man darauf gekommen ist, verändert sich einem der Inhalt des ganzen Vokabulars. Was eben noch eine direkte Äußerung zu einer konkreten Situation zu sein schien, gewinnt nun andere Dimensionen. In den irdischen Wörtern steckt und enthüllt sich ein biblischer Wortschatz, freilich die Wörter sind so weit getrennt von dieser Herkunft wie eine Person von einer anderen. Aber in der Trennung verweist noch das eine auf das andere. Höllische Welt, die auf eine andere himmlischere verweist. Die einfachen Erzählungen der Fleißer, diese negativen Liebesgeschichten, haben im Alltag den großen Verlust zu entziffern versucht.

Die vorliegende Sammlung ihrer Erzählungen präsentiert Marieluise Fleißer so, wie sich die im literarischen Leben fast Vergessene selbst im Jahre 1968 wieder in Erinnerung bringen wollte. Unter dem Titel ihrer schönsten Erzählung »Abenteuer aus dem Englischen Garten«, die schon 1929 am Schluß ihres ersten Erzählungsbandes »Ein Pfund Orangen« gestanden hatte, sammelte sie, was ihr von ihren Erzählungen wesentlich war. Aus jenem frühen – damals fast verschollenen – Band entnahm sie noch »Die Stunde der Magd«, »Die Dreizehnjährigen«, die nun mit einem neuen Schluß versehen wurde, und »Die arme Lovise«, die, überarbeitet, den neuen Titel »Moritat vom Institutfräulein« erhielt. – Aus dem zweiten Erzählband »Avantgarde«, in dem sie 1963 inmitten des Vergessenseins wieder kurz und wenig erfolgreich auf sich aufmerksam machte, nahm sie die 1949 geschriebenen Erzählungen »Er hätte besser alles verschlafen« und »Das Pferd und die Jungfer«. Mit »Gustl, ein Schwimmer und Retter« wagte sie eine scheue Erinnerung an ihren vergessenen Roman. »Der Venusberg«, »Der Rauch« und »Die im Dunkeln« waren damals unveröffentlicht. Es sind zugleich ihre letzten Erzählungen. Diese hier neugedruckte Sammlung, 1969 erschienen, förderte damals ihre Wiederentdeckung, die 1966 mit der Aufführung der Komödie »Der starke Stamm« an der Berliner Schaubühne und der Annäherung Rainer Werner Faßbinders an ihr Stück »Pioniere in Ingolstadt« 1968 eingeleitet und mit der Aufführung ihrer Ingolstädter Stücke 1970 und 1971 besiegelt wurde. – Marieluise Fleißer hat ihre Erzählungen in diesem Band nicht nur in ihrer historischen Folge geboten. Ihre Anordnung enthält auch die Spur ihrer inneren Biographie.

Literaturwissenschaft
in den suhrkamp taschenbüchern

Ingeborg Bachmanns »Malina«. Herausgegeben von Andrea Stoll. st 2115

Ball, Hugo: Hermann Hesse. Sein Leben und sein Werk. st 385

Bell, Quentin: Virginia Woolf. Eine Biographie. Aus dem Englischen von Arnold Fernberg. st 753

Bertaux, Pierre: Friedrich Hölderlin. st 686

Die besten Bücher. 20 Jahre Bestenliste des Südwestfunks. Herausgegeben von Jürgen Lodemann. st 2492

Bohn, Volker: Deutsche Literatur seit 1945. Texte und Bilder. st 2485

Brinnin, John Malcolm: Die dritte Rose. Gertrude Stein und ihre Welt. Mit einem Vorwort von John Ashbery. Aus dem Amerikanischen von Maria Wolff. st 1820

Chalfen, Israel: Paul Celan. Eine Biographie seiner Jugend. Mit Fotografien. st 913

Drewermann, Eugen: Das Individuelle verteidigen. Zwei Aufsätze zu Hermann Hesse. Mit einem Nachwort von Volker Michels. st 2458

Ellmann, Richard: Vier Dubliner – Wilde, Yeats, Joyce und Beckett. Aus dem Englischen von Wolfgang Held. Mit Abbildungen. st 2684

Die Erotik des Pfirsichs. Japanische Schriftsteller und Schriftstellerinnen, porträtiert von Manfred Osten. Mit Fotografien von Mario Ambrosius. st 2515

Freedman, Ralph: Hermann Hesse. Eine Biographie von Ralph Freedman. Aus dem Amerikanischen von Ursula Michels-Wenz. st 1827

Heinrich Heine. Ästhetisch-politische Profile. Herausgegeben von Gerhard Höhn. stm. st 2112

Kleine, Gisela: Zwischen Welt und Zaubergarten. Ninon und Hermann Hesse: Leben im Dialog. st 1384

Lovecraft, Howard Phillips: Die Literatur der Angst. Zur Geschichte der phantastischen Literatur. PhB 320. st 2422

Lützeler, Paul Michael: Hermann Broch. Eine Biographie. st 1578

Mayer, Hans: Außenseiter. st 736

– Georg Büchner und seine Zeit. st 58
– Thomas Mann. st 1047
– Der Turm von Babel. Erinnerung an eine Deutsche Demokratische Republik. st 2174
– Die unerwünschte Literatur. Deutsche Schriftsteller und Bücher 1968-1985. st 1958
– Das unglückliche Bewußtsein. Zur deutschen Literaturgeschichte von Lessing bis Heine. st 1634
– Weltliteratur. Studien und Versuche. st 2300
– Wendezeiten. Über Deutsche und Deutschland. st 2421

259/1/7.97

259/2/7.97